VEREDICTO EM CANUDOS

SÁNDOR MÁRAI

Veredicto em Canudos

Tradução do húngaro
Paulo Schiller

2ª *reimpressão*

Copyright © 2001 by Espólio de Sándor Márai
Vörösvary — Weller Publishing, Toronto

Esta publicação contou com o apoio da Fundação Húngara do Livro.

Grafia atualizada segundo o Acordo Ortográfico da Língua Portuguesa de 1990, que entrou em vigor no Brasil em 2009.

Título original
Ítélet Canudosban

Capa
Raul Loureiro sobre *Antônio Conselheiro e a Guerra de Canudos*, xilogravura de José Costa Leite (JCL), Coleção de Giuseppe Baccaro

Preparação
Márcia Copola

Revisão
Maysa Monção
Alexandra Costa da Fonseca

Atualização ortográfica
Página Viva

Dados Internacionais de Catalogação na Publicação (CIP)
(Câmara Brasileira do Livro, SP, Brasil)

Márai, Sándor, 1900-1989.
  Veredicto em Canudos / Sándor Márai ; tradução do húngaro Paulo Schiller. — 1ª ed. — São Paulo : Companhia das Letras, 2002.

  ISBN 978-85-359-0234-1

  1. Romance húngaro I. Título.

02-1607   CDD-894.5113

Índices para catálogo sistemático:
1. Romances: Século 20: Literatura húngara 894-5113
2. Século 20: Romances: Literatura húngara 894-5113

[2022]
Todos os direitos desta edição reservados à
EDITORA SCHWARCZ S.A.
Rua Bandeira Paulista, 702, cj. 32
04532-002 — São Paulo — SP
Telefone: (11) 3707-3500
www.companhiadasletras.com.br
www.blogdacompanhia.com.br
facebook.com/companhiadasletras
instagram.com/companhiadasletras
twitter.com/cialetras

VEREDICTO EM CANUDOS

Vou contar agora o que vi e ouvi em 1897, no dia 5 de outubro, entre as cinco horas da tarde e as nove horas da noite. Nesse intervalo de tempo, o marechal Carlos Machado de Bittencourt, ministro da Guerra do Brasil — pouco antes nossos soldados dizimavam todos que ainda restavam com vida em Canudos —, na latada de um lugarejo chamado Rancho do Vigário, improvisou um comunicado à imprensa. Faz cinquenta anos que penso em escrever o que presenciei naquelas horas. Até hoje não tive coragem de fazê-lo. Apesar da idade minha letra é legível, arredondada — as mãos não tremem, e conto com um conhecimento passável da ortografia e das regras de gramática do português —, embora eu não tenha habilidades de redator. Toda vez que me dispunha a narrar as lembranças de Canudos, recuava, pois parecia uma empreitada risível e pretensiosa pronunciar-me depois dos relatos dos escritores de profissão e dos historiadores — eu que não fui nada nem ninguém em Canudos a não ser um simples cabo e testemunha anônima.

Ainda assim, decidi escrever, porque já estou velho e logo

— talvez nesta noite ou no próximo instante — deverei morrer. Não quero partir sem anotar o que se passou no anoitecer daquele dia em Canudos. Não escrevo "história"; outros o fizeram. Contudo, por alguns momentos — como quando na grande seca o ar quente explode sobre a mata —, vi de perto a força que depois vira história. É isso que desejo registrar.

Nesses cinquenta anos, nunca esqueci daquelas quatro horas. Naquele tempo eu era um rapazola. Desde então decorreu meio século, várias guerras devastaram o mundo, matanças piores que a refrega de Canudos. À distância, aqui no Brasil, aprendemos o nome do imperador alemão, depois o de Hitler, o de Stalin e de outros que — segundo se dizia — fizeram a história do mundo. O líder da guerra de Canudos era invisível — chamava-se Antônio, o Conselheiro. Creio que em outros países poucos ouviram falar dele. Não era comandante militar nem chefe de Estado. Talvez fosse um louco. Apesar disso, fez com que há cinquenta anos atrás, no sertão do Nordeste do Brasil, homens lutassem, matassem e morressem — matassem e morressem com paixão e convicção, como se o banho de sangue que denominavam guerra tivesse alguma finalidade. Sobre as grandes carnificinas — de longe, da Europa e da Ásia — chegavam notícias também ao Brasil; os jornais e em seguida as rádios descreveram os detalhes horrendos. Entretanto eu vi Canudos pessoalmente. Canudos foi a minha guerra... e cada um tem a guerra que lhe cabe. Afinal de contas, podemos nos afogar tanto num barril de água como no oceano Atlântico. E não vivem muitos que viram Canudos quando ali tudo e todos foram exterminados.

Hoje, com os anos, penso às vezes que somente aquelas horas foram verdadeiramente significativas em minha vida — quando fui escrivão do marechal Bittencourt na edificação em ruínas do Rancho do Vigário. Tudo o que me aconteceu depois não teve importância. Meus dias passaram, vivi toda a minha vida. Tive família, mulher e filhos. Morreram todos em tempos de paz: parece que a paz também põe a vida em risco. Porém eu ainda estou vivo — dizem que vivemos enquanto temos uma missão, um desígnio que ninguém pode levar a cabo em nosso lugar. Mas é possível que inventemos coisas assim apenas pela intenção de adiar a morte com esses raciocínios simplórios, marotos — como o condenado que antes da execução lê um livro ou chama um parente, em outras palavras, demanda um adiamento, uma hora ou alguns minutos, mas, em todo caso, um adiamento. Não sei se tenho alguma tarefa a cumprir antes da morte. Ou se simplesmente a inventei, a narrativa da história de Canudos, como pretexto para viver mais um pouco... Seja como for, comecei a rabiscar pressuroso. Porque a memória que registro agora é como doença de pele: coça e arde.

Primeiramente vou dizer quem sou, a que espécie pertenço. Meu nome é Oliver O'Connel. Meu avô e meu pai vieram da Irlanda para o Brasil quando depois da praga da batata se instalou a miséria e muitos emigraram porque temiam morrer de fome. No final do reinado de d. Pedro meu pai era professor de línguas. Teria sido ele que ensinou o inglês a membros da corte do imperador? Vangloriava-se disso apenas nos dias em que andava embriagado. No entanto é certo que estava a serviço da casa de Bragança quando no Brasil se proclamou a República e d. Pedro se exilou em Portugal. Meu pai fez o juramento à federação, embora no íntimo continuasse sempre monarquista. É bastante dizer que era um homem culto. Mais tarde, quando não tínhamos imperador nem corte, ele foi professor de curso secundário no estado da Bahia. Comigo, seu único filho, falava sempre em inglês — é assim que desde a infância eu recito igualmente duas línguas.

Sou mestiço. Minha mãe tinha sangue índio. Ela nunca mencionava os ancestrais porque não tinha nada a dizer. Eram índios e caboclos, portanto nativos tragados aos poucos pelo branco e pelo negro como o porco selvagem — o caititu — pela cobra gigante às margens do Amazonas. Minha mãe era cabocla — mas nunca disse como encontrou meu pai, o irlandês imigrante, abrasileirado. É verdade que a mescla de raças não era rara no Brasil daquela época. Os padres também se misturavam ao caboclo e ao mulato. Embora minha mãe falasse pouco do passado, às vezes entoava canções da infância. Cantava sobre os campos e as matas onde nascera. Sua voz era bela, rouca. Passava-me assim, melodiosamente, o que tinha para contar — a seu filho, o mestiço.

Meu pai a tratava bastante bem. Raramente batia nela. Nessas horas praguejava em inglês e brandia o cinto. Mas logo faziam as pazes. Minha mãe enxugava as lágrimas e trazia o frasco de aguardente. Ambos bebiam e em pouco tempo riam reconciliados. Comigo ele era mais severo: na minha infância me fez engolir a escrita, a leitura e a língua inglesa. Por essa insistência sou grato, pois foi o que me levou a ser o escrivão em Canudos naquela tarde. E também me propiciou o emprego aqui na biblioteca.

Esta é minha ocupação: sou um auxiliar na biblioteca municipal de São Paulo. Cuido dos livros de história. Não tenho muito trabalho, e a bem da verdade meus superiores me toleram por compaixão, pois segundo a lei e os costumes deveria estar aposentado. Este é o último ano em que ainda vão admitir minha presença. Também por isso decidi escrever: porque neste lugar, onde ensaio estas linhas, tenho sossego — o que não ocorre na hospedaria na periferia da cidade a que minha velhice me constrangeu.

É raro eu ser incomodado por visitantes, já que hoje em dia os jovens preferem ler livros técnicos e científicos. Da janela da biblioteca avisto um jardim onde uma tabuleta afixada sobre um casebre de carpintaria indica que nessa cabana Euclides da Cunha escreveu seu grande livro, a obra-prima clássica, *Os sertões*. De tarde, quando vou para casa, passo às vezes por ali e leio os dizeres do memorial. Depois circundo as estátuas de Camões e Cervantes. Faço essa observação apenas para que o leitor — se acontecer de alguém ler o livro — imagine o ambiente em que escrevo.

Ouvi que poucos no mundo conhecem o nome de Euclides da Cunha. É curioso, pois na estante atrás de mim, junto dos volumes sobre a história, a geografia, a sociologia, as paisagens e a hidrologia do Brasil, encontram-se numa longa fileira as edições em português e as versões estrangeiras da obra de Euclides da Cunha. Estão todas aqui, algumas dúzias de publicações. Ainda assim, não são muitos os que sabem desse livro em outras terras. À direita, ao alcance da mão, um exemplar encadernado em couro verde é a primeira edição, rara, de *Os sertões*: impressa em 1902 no Rio de Janeiro. Ao lado, em sequência, as demais: por exemplo, a quarta edição que a Francisco Alves publicou em 1911, dois anos depois de o autor ter sido morto com um tiro por um oficial do Exército em Santa Cruz, na estrada Real. Porém essa é outra história.

Não é impossível que eu deva minha sinecura modesta — o emprego na biblioteca — não só aos conhecimentos de inglês, mas ao fato de ter estado em Canudos. Entre os diretores da biblioteca há um ou outro que respeita a testemunha de Canudos — eu, o velho, que vi tudo o que Euclides narrou. Talvez seja por conta disso que eu sinta certa emoção nesse momento, ao escrever — como o amador que na grande cena do tenor ousa cantar.

*

Mal comecei a história e me vejo a divagar num estilo confuso, desnecessário. Parece que a escrita é um ofício difícil. Ainda mais se apesar da idade temos a intenção de contar as lembranças todas recorrendo a um excesso de palavras. Vou procurar me ater somente ao essencial.

No final da manhã de 5 de outubro correu a nova de que o assédio a Canudos acabaria em algumas horas. Nos meses anteriores esse mesmo anúncio circulara diversas vezes, levando os soldados a se embebedar precipitados a cada oportunidade. Porém a notícia sempre se mostrava falsa, os revoltosos de Canudos resistiam. Parecia impossível, porque a multidão de rebeldes — mais de oito mil homens, mulheres, crianças e velhos que viviam em cinco mil e duzentos casebres de taipa — havia morrido quase toda. No entanto, da fortaleza de barro sitiada, continuava a atirar sobre os nossos.

Ainda assim, dessa vez imaginamos todos que o fim chegara, iríamos poder voltar para casa. Naquelas horas as cercanias do Rancho do Vigário viviam uma confusão barulhenta, cigana, indígena como a praça da feira do vilarejo próximo, Monte Santo, onde — a cinquenta quilômetros — acampava o destacamento principal do exército. Em torno do nosso reduto — a uns quatro quilômetros do que restava do ninho de barro de Canudos após o extermínio levado a cabo pela artilharia —, ao léu e nas tendas, soldados feridos agonizavam. Porém os demais — os oficiais e os praças — já empacotavam suas coisas. Na confusão estrepitosa ninguém se preocupava com o perigo: os insurretos se aproveitavam das oportunidades esporádicas de usar a pontaria mesmo nas horas derradeiras. E muitos caíram até o último dia.

O ar tinha o cheiro fétido de quando pastores assam carne de carneiro. Nesses instantes terminais havia um quê de alucinado no olhar e nas atitudes dos nossos homens. Mas todos sabiam que a ignomínia terminara — era o fim do cerco, da agonia, da sede, da matança ensandecida. Era o fim da história em que sete mil soldados federais, quatro expedições militares sucessivas, os canhões Krupp e as mais modernas armas de fogo não tinham sido capazes de, ao longo de dez meses, liquidar nove mil seres famintos, sedentos, cadavéricos, enlouquecidos como animais — os rebeldes de Canudos e seu condutor, o profeta fanático, Antônio Maciel, o Conselheiro.

Pois foi o que aconteceu durante aqueles meses no sertão, no Nordeste do Brasil, entre dezembro de 1896 e outubro de 1897. Essa infâmia sinistra não só corroeu, como a sífilis, a pele e a fibra do exército regular, mas contaminou todo o Brasil. Inquietou cidades distantes do hemisfério ocidental e todos que acreditavam nos princípios que norteiam a civilização e a democracia. E nos lugares a que a centelha do telégrafo tinha levado a notícia dessa conflagração, desse curto-circuito social, os homens estavam de sobreaviso: e souberam que Canudos chegara ao fim.

Acontece que — assim foi — o remanescente dos revoltosos não reconhecia esse fim. De tempos em tempos continuava a despejar descargas sobre os nossos — era incompreensível, porque pelos fugitivos e desertores sabíamos que em verdade havia duas semanas já não tinham água e quase nenhum mantimento no arraial. E mesmo assim atiravam bem — com excelente pontaria, como se enxergassem também no escuro.

Na madrugada e tarde da véspera, ao crepúsculo, ainda chegavam refugiados — algumas centenas de homens e mulheres, se é que se podia chamar de humanos aqueles esqueletos que se moviam lentamente. Nem era preciso matar as criaturas de pele e osso que se arrastavam: mal alcançava o acampamento, a maioria se deitava na frente das barracas, no meio da estrada, e morria. Como se tivessem energia e vontade apenas para o caminho — o sendeiro por onde saíam do antro barrento de Canudos para se estenderem diante de nós. Os últimos fugitivos emergiam de Canudos como vermes das profundezas argilosas das valas comuns. E os que sobreviviam contavam que no arraial — na Cidade Santa, como a chamavam — ainda viviam rebeldes que os perseguiam, aqueles seres esquálidos inúteis, e os entregavam a nós, os vencedores, porque desejavam livrar-se dos que não eram mais capazes de lutar. Por eles sabíamos que em Canudos ainda havia um resto de vida — a cidade de lama fumegava como um monte de esterco, e os gases pérfidos, os vapores da putrefação, sufocavam o sono por todos os lados.

Quase no final da manhã alguns mensageiros anunciaram que o marechal Bittencourt, o ministro da Guerra — o comandante da campanha de Canudos —, partira cedo de Monte Santo e se aproximava de Angico. Na frente do Rancho os sapadores armaram às pressas a barraca do comando e hastearam a insígnia, a bandeira campal. A notícia e a visão eram empolgantes, e os corneteiros — sem finalidade ou motivo, como se houvessem perdido a razão — fizeram soar as trombetas. Com o barulho insano, não só as tropas se agitaram, como os asnos e as mulas começaram a zurrar enfurecidos, e dos protagonistas quadrúpedes muitas dúzias fugiram; no início da tarde os muares errantes tiveram de ser pegos a laço. Como se o animal irracional também pressentisse que o marechal se aproximava, o grande estrategista que por fim vencera a guerra de Canudos, afogada em vergonha e fracasso, nem tanto com soldados e armas, mas com jumentos e mulas que após o malogro das três primeiras expedições foram comprados aos milhares na região, na Bahia e nos arredores de Monte Santo. Todos sabiam que esses animais eram os heróis da vitória porque trouxeram os suprimentos ao sertão. Porém ainda não era aconselhável falar nisso: os historiadores militares também silenciaram esse segredo pouco glorioso da campanha.

A inquietação generalizada chegou a ponto de fervura com a informação de que para o marechal e suas tropas os sapadores haviam trazido também água de Monte Santo — água pura em túrgidos odres de couro!... Porque não se perecia de falta d'água apenas em Canudos. Mesmo nós, o exército regular, não víamos água limpa havia semanas. A podridão úmida que encontrávamos aqui e ali entre as pedras das pastagens, em torno das nascentes exauridas usadas pela boiada, tinha odor de excremento e cadáver. A notícia de que chegara água limpa ao acampamento excitou os homens quase como o rumor de que para a noite, para a celebração da vitória, ganharíamos também cachaça. Ao redor da barraca do marechal, onde uma guarda armada vigiava os odres, vagueavam homens de olhos injetados. Não sabíamos que um dos odres teria uma utilidade diferente daquela que nós, sedentos, imaginávamos.

Contarei também isso a seu tempo, quando chegar a hora. É curioso que com a velhice passemos a dispor de tempo para tudo.

*

Não sei ao certo por que coube justo a mim o papel de escrivão durante o comunicado do marechal à imprensa. Antônio da Silva Paraguaçu, comandante do 14º batalhão de infantaria, convocou-me logo cedo e ordenou rouco que eu me barbeasse e me dirigisse ao Rancho, porque se preparava um grande acontecimento e eu seria o escrivão. Havia outros na tropa que juravam saber escrever — um mulato se gabava de anos antes, para vencer o tédio do período em que estivera preso no Rio por roubo, ter aprendido a fazer letras. Um sargento mestiço, trapaceiro nas cartas por vocação, de fato entendia de rabiscar alguma coisa — eu mesmo o vira em dias mais calmos, quando os de Canudos não atiravam, a redigir cartas aos familiares e às amantes dos oficiais. A verdade é que embora existissem heróis no Exército, poucos naquele tempo sabiam escrever.

Talvez a escolha houvesse recaído sobre mim porque se espalhara o rumor de que eu sabia inglês. É possível que Antônio da Silva Paraguaçu tivesse me ouvido exibindo o inglês primário que herdara de meu pai e nas horas decisivas quisesse se vangloriar de que no Exército calhava também soldado que conhecia a língua inglesa. Como quer que fosse, a ordem me pegou de surpresa, porque nessa altura da batalha eu também me via esfarrapado e sujo como os companheiros. Assim, fiz a barba — na falta de água e sabão arranquei os pelos do rosto com uma faca de lâmina cega — e bati a túnica como pude. Àquelas horas o exército já andava todo maltrapilho; parecíamos bandidos nômades. Apesar disso, tentei recobrar a elegância militar. Não foi fácil.

Arrumei-me às pressas e nos bolsos enfiei algumas folhas de papel, um vidro de tinta e uma pena — minhas armas nos meses do assédio, porque na verdade nunca tive um fuzil nas mãos. A seguir fui até o Rancho, onde — cioso da minha presença oficial — saudei, marcial e cerimonioso, o superior de serviço. Porém ninguém se ocupou de mim. Os oficiais e os ordenanças cruzavam de um lado a outro da latada ofegantes e aos sussurros enquanto procuravam, com ar de importância, tornar mais apresentável o lugar decrépito. Um comandante, num tom gutural — quase sempre incompreensível —, distribuía as ordens. Com isso, sentei-me na extremidade de um banco ao canto de uma mesa comprida, dispus os instrumentos de escrita diante de mim e assumi a postura solene de quem era, inesperadamente, uma testemunha eminente de acontecimentos históricos. Muito me agradava a oportunidade de estar presente quando o marechal recebesse os jornalistas. Dois meses antes — em agosto, no meio do inverno — eu completara vinte anos. Naquela hora sentia-me como o anão que por milagre havia crescido.

No último dia da campanha os oficiais exigiram que na edificação do lugarejo em que receberíamos os convidados se improvisasse um ambiente de repartição. O proprietário do Rancho

— um fazendeiro mestiço — fugira com a família e seus bois havia semanas. A arrumação não era tarefa fácil, também porque nos dez meses anteriores nossos homens tinham esquecido dos utensílios e das normas da civilização.

Como em todos os lugares por onde o exército regular tinha andado, também ali os soldados haviam forrado as paredes com desenhos a carvão: as obscenidades rabiscadas falavam mais alto que todos os princípios da sociedade. Esses gritos de uma indecência adolescente não poupavam nem os tabus religiosos — todo o lugar era santificado, sim, pois a própria Virgem Maria ganhara menções inqualificáveis nas ruínas de barro dos vilarejos e dos terreiros que guarneciam os desfiladeiros por onde se ia ao campo de batalha. Os feridos, moribundos ou desacordados de tédio, divertiam-se escrevendo com dedos úmidos de sangue porcarias que bradavam aos céus das paredes dos hospitais de campanha eventuais, improvisados — a maioria dos grafites lembrava os muros lambuzados por crianças com símbolos púberes, eróticos, ancestrais. Os oficiais, que não dormiam nos colchões espalhados pelo chão mas agonizavam nas redes reservadas aos de patente privilegiada, ditavam aos praças numa fúria febril as grosserias requintadas que rematavam os floreios comuns dos homens do campo. Por isso quando, em consideração ao marechal e aos jornalistas, empenhavam-se como podiam em fazer um pouco de ordem no Rancho do Vigário, os praças se entregaram primeiro a lavar as paredes. Aos risos, raspavam as explosões intempestivas das tropas que por ali passaram, as imprecações negras e rubras que enfeavam todas as superfícies. E durante o trabalho repetiam as expressões mais saborosas aos berros, de boca cheia.

Nessa hora — a hora da vitória — o exército não tinha mais um porte militar... A farda de sarja cinza com listras escarlate, o sombrero, o chapéu de abas largas do vaqueiro, a alpercata cuja sola se acabava no labirinto impenetrável, espinhoso, de arbustos selvagens da caatinga: esses trajes, no todo, eram muito pouco "militares", e na miséria da vida agreste já não nos distinguíamos do adversário, os perdidos da máfia de Canudos ou os capangas vadios, os assassinos de aluguel do lugar.

A região calcinada também não lembrava os espaços trabalhados pela mão do homem. A terra exalava o odor acre do tempo da seca, quando os rebanhos abandonavam a paisagem de cerâmica partida deixando para trás montes petrificados de esterco. A aparência da soldadesca que o comandante reunira às pressas para ajeitar a latada não diferia muito da dos inimigos, dos jagunços acocorados na cidade de barro à nossa frente. A falta d'água, a secura, a brutalização cotidiana, lamacenta, sangrenta dos dez meses da guerra de guerrilha, a opressão alucinante, enfurecedora do clima tropical, o cheiro dos gases sulfurosos naturais, o ambiente aquecido por perigos traiçoeiros: tudo transformava, asselvajava nossos homens. Ninguém mais se preocupava com disciplina ou organização. Os oficiais não cobravam o cumprimento das ordens; os soldados resolviam por si próprios as necessidades fisiológicas, diante uns dos outros, indiferentes. Para o marechal Bittencourt todo o esforço dos jumentos e das mulas era pouco: para as tropas faltava sempre o mais necessário. Armas de fogo havia em abundância, porém sabão ou calçado eram raros, porque o carregamento enviado em lombo de animal às vezes não lograva atravessar a mata densa; ou era roubado no caminho.

Alguns soldados também fugiam — mas a carência do sertão espantava a maioria de volta ao acampamento depois de alguns dias de perambulação. Naqueles dias não havia sombra de estratégia ou de tática no teatro de operações. Tiros vinham de ambos os lados, mas era mais por tédio que os homens disparavam. E também viviam e morriam assim, como lhes tocava: de tédio.

Os fugitivos que chegavam diariamente de Canudos às dúzias, quando não às centenas, não passavam de mortos enfileirados. Deixava-se que algumas crianças corressem e escapassem, mas exterminavam-se todos os homens e mais tarde muitas vezes também os velhos e as mulheres. Isso não era feito guerreiro, nenhuma necessidade militar impunha o recurso a tal carnificina. Era mais um passatempo... como o de nossos vizinhos canadenses e americanos, décadas antes, ao caçar os índios. Os comandantes tinham conhecimento dessa diversão cruel; em instâncias superiores sabia-se do destino dos refugiados ressequidos, desidratados, de barrigas inchadas pela fome e ingestão de terra. Entretanto fechavam os olhos, porque ponderavam que a tropa se enfadava, precisava se ocupar com alguma coisa... e no sertão, entre as covas e antros de Canudos, a vida não tinha mais valor. Desse entretenimento cotidiano no acampamento — a matança, por esporte, do lixo humano que abandonava Canudos — também se tinha notícia no covil de lama que restava do arraial. Nas últimas horas, nas gretas cheias de carne humana e dejetos apodrecidos e gangrenados ainda viviam alguns rebeldes ensandecidos pela catinga do fim e da derrota — pela fedentina amarga, pestilencial da morte, que aderia ao solo pétreo e trincado numa crosta espessa, como a cerração da noite no começo do inverno. Essa retaguarda combatia mais traiçoeira e cruel do que nos meses do cerco, quando nas duas frentes ainda havia traço de planejamento militar. Via-se que do outro lado, no front, toda ordem também ruíra.

Era como se os rebeldes houvessem enlouquecido pela consciência de que tudo terminara. Como se os vapores de sangue que aspiravam tivessem aroma de aguardente, lutavam num transe embriagado. Sabiam que os bandos que todo dia afugentavam do arraial, mulheres convulsionando de sede, anciãos, rapazolas, seriam vítimas do "expurgo": era com esse termo cínico que os nossos acolhiam os esqueletos espectrais que emergiam cambaleantes do caldeirão de Canudos. Depois do "expurgo" os cadáveres eram espalhados à margem da estrada até que se acendesse — a cada dois ou três dias — uma fogueira dos corpos, que mais lembravam couro curtido de boi, requeimado pelo sol tropical, do que restos humanos. Do lado de lá também se sabia que para os soldados esse extermínio era apenas trabalho braçal desastrado na ausência de ordens, aos olhos fechados dos superiores. Esse genocídio — quase enfadonho, lento — não era atraente nem excitante. Os oficiais evitavam a exposição dos corpos empilhados aos correspondentes de guerra. Porém, ainda que sem a visão, todos sabiam dessa distração monstruosa — sabiam no acampamento, e também na outra margem. Era como se já nem fosse um combate entre homens, e sim entre bestas selvagens, hienas ou pumas.

No início, no tempo da expedição Moreira César — oito meses antes, em fevereiro —, esses bárbaros lutaram com uma sabedoria estratégica surpreendente. Protegidos pelos bastiões da igreja velha de Canudos, no reduto principal dos revoltosos, os líderes dirigiam com princípios militares as investidas dos jagunços. Era uma época em que o governo ainda acreditava que Canudos — e tudo o que acontecia nos arredores da "Cidade Santa" — não passava de uma desordem provocada por hordas fanáticas, sectárias, que a força policial poderia suprimir. Moreira César e seu auxiliar, coronel Tamarindo — comandantes de tropas bem equipadas, com peças de artilharia —, foram destruídos na catástrofe desconcertante da segunda expedição como teriam caído guerreiros que enfrentassem todo um exército num campo de batalha. Moreira César levara um tiro na barriga e mesmo moribundo não compreendia como fora possível aquela derrota, como podia um bando desorganizado de ladrões destroçar o poderio bélico — os modernos equipamentos — da República. Ainda assim, a segunda expedição foi dizimada como a primeira e — semanas mais tarde — a terceira, em que os muares do marechal Bittencourt já haviam tomado parte no combate. Ao longo dos caminhos intransitáveis que levavam ao Angico e ao morro da Favela, o destacamento da quarta expedição encontrou os heróis caídos da República, os crânios de centenas de soldados regulares. E do ramo baixo de um angico pendia um vulto desfigurado, assustador: o pouco que restara do uniforme e do cadáver calcinado do coronel Tamarindo. Apesar de tudo, aquilo ainda tinha sido "confronto militar" — não exatamente de acordo com as leis da escola de cadetes, mas com as do sertão.

Agora, em 5 de outubro, nada sobrava a não ser carnificina. Toda noite os defensores de Canudos cavavam covas de onde atiravam para que, se atingidos, pudessem se estender no sepulcro que eles mesmos tinham aberto. Nas horas finais, os soldados e jagunços sobreviventes se exterminavam qual autômatos, sem porquê, como se um caçador descarregasse os cartuchos restantes no fim da ronda. Não desejavam "vencer" — porque todos suspeitavam, embora nebulosamente, que aquilo não seria "vitória", mas apenas o término de alguma coisa que mais parecia uma infâmia incompreensível —, soldados e rebeldes desejavam somente matar, matar ainda uma vez, até a última bala. Naquelas horas, os contendores lembravam a criança incapaz de interromper uma brincadeira maldosa — a tortura de um pássaro ou crueldade parecida —, porque o instinto de prosseguir era mais forte que a atitude racional.

Não sei o que pensam os soldados que matam na Europa quando povos poderosos e cultos guerreiam. No sertão, em Canudos, nós assassinávamos assim, como camponeses, sim, como crianças ou bárbaros. E na tarde derradeira parecia que tínhamos compreendido que nas desgraças dos dez últimos meses o real objetivo não havia sido a "vitória", mas a possibilidade de matar para valer, ao menos uma vez, à distância de toda civilização. Residiria nisso a verdadeira razão e sentido das guerras?... A essa pergunta somente homens mais sábios, mais cultos, poderão responder.

*

De tarde, por volta das cinco horas, no terreiro central em forma de átrio do antro decrépito de taipa, os superiores e praças acabaram conseguindo improvisar algo que se assemelhava a um recinto oficial. Um cabra — de pele escura, olhos negros, brilhantes, selvagens, cruzamento de mulato com negro — trouxe um caldeirão de cobre a passos furtivos, solenes, com movimentos que lembravam uma liturgia pagã. Ergueu bem alto o objeto de metal com tampa de chumbo e olhou à volta debochado, orgulhoso e triunfante procurando um lugar para expor o troféu. Esse soldado raso — subalterno escolhido para o serviço pessoal do marechal Bittencourt — tinha dois metros de altura e lembrava um gorila. À pergunta, do que havia no recipiente, respondeu com palavras rispidas, incompreensíveis. Por fim, largou-o a um extremo da mesa, próximo a mim. Do caldeirão, sob a cobertura de chumbo, emanava o aroma estonteante, nauseabundo, adocicado, de teimosa, a aguardente do lugar. Ante o cheiro, todos começaram a farejar sedentos. Os oficiais e praças rodearam o tacho com o olhar fixo e as asas do nariz dilatadas. Porém o cabra, como um fetiche negro, ficou de guarda, ameaçador; encaixou a baioneta em sua arma de cano longo, carregada, e postou-se de pernas abertas junto do caldeirão mágico que exalava o vapor inebriante.

O negro não falava — mas na latada ouvia-se o eco de um ânimo esperançoso, adivinhação inquieta: os homens, em meio às conversas vazias, engoliam em seco sôfregos imaginando a aguardente no tacho de metal; o odor era inconfundível. Nessa noite o marechal, em celebração pela vitória total e definitiva, ofereceria cachaça aos correspondentes de guerra. Depois sobraria um gole para nós — para todos —, testemunhas oculares do grande acontecimento, o anúncio oficial da vitória em Canudos. Um major da artilharia — Aristides Rodriguez Vaz, comandante da 7ª bateria, que tinha um dos braços numa tipoia porque se ferira semanas antes, quando os jagunços roubaram num ataque noturno inesperado seus dois canhões Krupp — explicava rouco ao capitão Lauriano da Costa, comandante do 9º batalhão de infantaria, destacado para a execução dos prisioneiros, que à noite, para comemorar o triunfo, todos ganhariam aguardente e dançariam a serenata a passos arrastados e silenciosos... Assim gracejavam. Entretanto não paravam de fitar o caldeirão de cobre. Por isso o cabra empunhava a arma com as duas mãos, de sentinela numa atitude agressiva, hostil, diante do panelão misterioso.

Os homens faziam de conta que se afanavam em tarefas oficiais, mas tudo levava a crer que se aprontavam para uma noite de baile — cotilhão, festa popular. Varreram o terreiro central da latada e entre duas janelas, sob a proteção do muro, puseram uma mesa comprida com pés de cabra. Trouxeram também cadeiras, algumas dúzias — Deus sabe de onde —, e atrás da mesa pregaram um grande mapa militar. Este delineava Canudos e as elevações circundantes, os desfiladeiros, o leito seco dos riachos das colinas e as veredas e fontes ocultas por onde nos meses anteriores os rebeldes tinham acesso às cidades e aldeias que se escondiam atrás do sertão — no Piauí, no Ceará e em Sergipe — e de onde as caravanas cúmplices lhes traziam munição e víveres. No meio da mesa ergueram, firmando-as sobre duas latas de conserva, duas velas de igreja da espessura de um braço de criança e um crucifixo de meio metro de altura. Tudo era invulgar como se a montagem não se desse nas imediações do campo de batalha, e sim em algum teatro campal onde os contra-regras empurravam as paredes e os adereços.

Quando terminaram a arrumação da mesa, do mapa, das cadeiras e dos bancos, às ordens do capitão José Lauriano da Costa três suboficiais dispuseram sobre a comprida mesa objetos que à primeira vista lembravam restos de mercadorias numa feira de velharias de fim de aldeia: trouxeram dois bogós, odres de água de couro ressequido e rachado de boi; um aió, bolsa de caça recortada com navalha da casca espinhosa e dura do cacto que crescia à beira dos cursos do sertão; um jirau, a cesta de mantimentos trançada de vime que no covil de Canudos pendia dos tetos numa corda de caniço — assim se protegiam dos roedores, das crianças famintas e dos velhos parasitas os parcos mantimentos e temperos. À medida que os soldados espalhavam esses destroços sobre a mesa, ficava de súbito evidente que os adversários eram mendigos esfarrapados. Porque nos buracos em que moravam — e ali estava a prova — não havia outros utensílios.

Tinham apenas armas e cadáveres. A maior parte das ferramentas de extermínio apreendidas não cabia sobre a mesa — dois velhos combatentes cobertos de condecorações, o capitão Afrodísio Borba e o capitão Leopoldo Barros e Vasconcelos, que já no tempo da segunda expedição serviam como auxiliares do comandante Artur Oscar de Andrade, separavam como peritos as peças mais incomuns e cuidavam de que os praças distribuíssem as armas sobre o tampo e à volta dos pés da mesa. Essa faina pretensiosa lembrava o final do ano escolar, quando se prepara a festa de encerramento e os professores pedem que os alunos ponham as provas sobre o estrado: os trabalhos manuais e as leituras obrigatórias. O comandante havia requisitado os troféus para que a imprensa os admirasse — e nós que pouco víramos de perto as armas e facões de assalto piscávamos encantados. Porque em verdade eu não era o único dos presentes que naqueles dez meses não andara pela linha de fogo nem sentira o cheiro de pólvora.

A seguir, os soldados alinharam sobre a mesa e os bancos tudo o que de Canudos nos caíra nas mãos. Ali estava a espingarda de cano longo, de mira precisa — essas Mannlicher austríacas feitas para longas distâncias exterminaram muitas centenas dos nossos homens nos últimos meses. Havia algumas "legítimas de Braga", como eram chamados os antigos mosquetões — armas rudimentares e perigosas que na escuridão, sem fazer pontaria, os rebelados disparavam a esmo. Essa espingarda com boca de funil derramava as balas com o som ululante e agourento das aves noturnas. Nessa hora vi de perto pela primeira vez o bacamarte — com que atiravam mesmo pedras. E havia armas de caça em cuja coronha os insurgentes entalhavam o número de inimigos derrubados — com elas os bandidos lançavam cacos de vidro sobre os sitiantes. Nossos homens as temiam porque os estilhaços penetravam os corpos mutilados mais fundo do que as balas de metal e causavam uma ferida mais cruel e dolorosa.

A um canto da mesa, José Lauriano da Costa se entretinha amontoando as famosas balas de prata, a munição lendária do sertanejo. Muitos — entre eles eu — nunca tinham visto esses objetos improváveis, fanfarrões, esbanjadores: a prova de que nossos inimigos bárbaros não ligavam muito para o ouro ou a prata. Sabiam fazer pólvora de boa qualidade, pois os sulcos e as marcas de patas nas pastagens ressequidas do sertão continham salitre em abundância. Entretanto balas de prata, munição de primeira, nem as caravanas furtivas conseguiam suprir. Por isso — e talvez por outras razões — quando acabaram o chumbo e as folhas metálicas das latas de conserva, eles fundiram balas de prata. Como se aqueles loucos sectários quisessem mostrar o desprezo pelos metais nobres, que de hábito os homens veneram numa devoção insana e supersticiosa. Aqueles projéteis moldados em metal precioso eram uma visão surpreendente: os oficiais e os praças contemplavam enlevados as balas de prata empilhadas. Talvez entre nós houvesse quem ante aquela munição pensasse que homens capazes de desprezar a prata e o ouro com tal indiferença ostensiva não eram adversários comuns. Porém disso não tenho certeza.

As armas de fogo foram dispostas de modo a causar forte impressão; a seguir as ordenanças, sob a vigilância dos comandantes, expuseram os instrumentos pontiagudos dos revoltosos, os facões de combate, as baionetas e os ferrões. Rodeamos a mesa comprida boquiabertos, porque nenhum de nós jamais vira uma mostra estranha como a dessas lâminas enferrujadas de sangue. O major Borba, que lutara pessoalmente nos becos sem saída de Canudos e se distinguira na organização dos confrontos nas vielas, explicava ao capitão Leopoldo Barros e Vasconcelos, em tom de quem dava aula, as maneiras curiosas como os rebeldes utilizavam esses objetos mortíferos. Ergueu bem alto uma faca de lâmina larga e com ênfase professoral afirmou ser o jacaré, com que os de Canudos — quando nas ruelas de barro da largura de ombros chegou a hora da luta de corpo a corpo — se atiravam sobre os soldados durante as incursões noturnas. Aquele era o célebre e temido "facão jacaré" de que os nossos falavam arrepiados, porque os rebeldes giravam com rapidez inacreditável a lâmina de dois gumes que penetrava fundo na carne do inimigo — sempre na altura da barriga, pois essa era sua virtude: o ferimento fazia as vísceras jorrarem aos pés do sacrificado.

Os moradores do arraial de Canudos eram selvagens assim. Meneando a cabeça num respeito assombrado, fixávamos as facas apreendidas. Como se não tivéssemos combatido soldados... apesar de tudo, não se podia negar que aqueles vândalos haviam organizado uma espécie de disciplina militar. O cacete encimado de aparas de chumbo, a outra arma rudimentar e cruel dos labirintos de Canudos, era verdadeiramente coisa de bandidos, vaqueiros, porrete do paiol pastoril dos tocadores de rebanhos. O major Borba ainda exibiu alguns instrumentos precários, desconcertantes, dessa natureza — e aquela diversidade de espingardas, mosquetões, facas e machados lembrava relíquias de escavações pré-históricas expostas num museu. Entretanto havia mais... E agora, cinquenta anos depois, ao evocar a memória daquelas horas, não consigo pensar naqueles agentes primitivos de extermínio senão com piedade. Como se no arsenal dos malfeitores ainda existisse traço de uma humanidade distorcida... Nas últimas décadas a ciência e a tecnologia passaram por um progresso extraordinário em outros lugares do mundo, os apetrechos de guerra se aperfeiçoaram, e os jornais, as rádios e os cinemas trouxeram também ao Brasil a notícia da invenção dos novos armamentos mortíferos. Somos um país atrasado, a civilização flutua lentamente dos países distantes, evoluídos, em nossa direção. As ferramentas perfeitas de destruição — as bombas, que fazem desaparecer cidades inteiras, os lança-chamas, os tanques e Deus sabe que outras máquinas diabólicas fantásticas — não existiam, e as armas dos selvagens de Canudos eram rudimentares como seriam na Idade Média a maça ou a funda, porém serviam para assassínios cometidos por homens... Ao matar com o mosquetão ou o jacaré, o jagunço ainda se responsabilizava pessoalmente, olho no olho... como Caim ao surrar Abel. Toda matança era entre irmãos... era nisso que eu pensava no acampamento do Rancho do Vigário ao contemplar o arsenal apreendido em Canudos. Éramos todos selvagens na orla da caatinga, no final do século passado, no Brasil... mas de certo modo continuávamos sendo humanos, porque com aquelas armas um homem podia quando muito matar outro homem. Desde então isso mudou: ouvi dizer que hoje em dia tudo é mais simples e prático. Nos últimos decênios não pude deixar de pensar ocasionalmente que um irmão matar outro não é o mesmo que uma estatística aniquilar outra. Contudo minha pena se perde de novo, pois isso não faz parte desta história. Tenho de estar atento — em vão: a velhice é tagarela.

*

Não douremos a pílula: o que o major Borba dispôs sobre a mesa em verdade não passava do instrumental de um bando de salteadores decidido a toda crueldade. Mal havia outras coisas — nossos soldados, nas últimas semanas do assédio, não se apropriaram de nada diferente nos casebres de taipa a não ser utensílios destinados à sobrevivência cotidiana dos rebeldes do tempo das cavernas. O que se encontrou no covil de lama não era raridade etnográfica. Como em Canudos a propriedade e o conforto eram proibidos — a proximidade do Armageddon anunciada pelo seu líder, Antônio Conselheiro, impunha que a comunidade vivesse conforme regras que lembravam a primeira experiência católica comunista —, a gente de Canudos, no arraial onde morava, o qual construíra às pressas com as próprias mãos, dispensara também o uso da cama e da mesa. Esse "cristianismo", que existia em meio ao sangue e ao mau cheiro, na ausência de posses e numa demência descontrolada, não admitia nada que segundo a concepção genérica de outras civilizações facilitasse ou simplesmente tornasse a vida mais bela. Nem tolerava o que nas sociedades primitivas se denominava "arte".

Quando os soldados espalharam sobre a mesa num arranjo vistoso, como num mercado — junto das armas e objetos de primeira necessidade —, o pouco que encontraram nas choças de barro, apareceram algumas caixas de cedro em que as mulheres guardavam figuras de santos impressas em três cores, velas de altar, imagens de santo Antônio toscas, rudimentares, talhadas em madeira ou osso, e da Virgem Maria lambuzadas de tintas berrantes. Porém os objetos piedosos, religiosos, dos santuários domésticos de Canudos não eram comparáveis às pinturas pagãs dos índios pré-colombianos expostas no museu de São Paulo. Os de Canudos não tinham necessidade de alimentar suas fantasias místicas com esculturas e imagens artísticas. Para eles a eucaristia era uma festividade selvagem — a celebração literal da carne e do sangue.

Nas caixas de cedro os soldados acharam, escritos sobre pedaços amarrotados de papel amarelecido, profecias e textos apopléticos cheios de erros de grafia — trechos das previsões obscuras e dos pronunciamentos incoerentes do Conselheiro. Os crentes mandavam os alfabetizados do arraial copiar esses fragmentos de papel e os carregavam a todos os lugares, como fetiches. A maior parte não sabia ler nem escrever, mas intuía o poder mágico das letras nas profecias aturdidas.

Os pedacinhos de papel revelavam que esses seres desgraçados que se arrastavam como animais na mata primitiva tinham fé — mesmo em meio à lama e aos dejetos — na Escritura, na verdade da Palavra dada, na força bíblica que proclamava que no princípio existira o Verbo, mais poderoso que o Corpo. Acreditavam que a Palavra era uma coisa importante a ser guardada — importante ainda que não a compreendessem e não se pudesse explicá-la com a razão. Aqueles que em Canudos tinham alguma noção de leitura e escrita reproduziam esses fragmentos balbuciantes dos cadernos de notas amarfanhados e engordurados do Conselheiro. Neles, ele escrevia de próprio punho o texto que pregava depois da oração da noite. Quando encontraram o corpo do Conselheiro, nossos soldados vasculharam a túnica imunda do morto e acharam alguns cadernos. Essas provas estavam dispersas pela mesa repleta de troféus de guerra, entre os facões curvos e os bacamartes. Num instante em que ninguém atentava, enfiei rapidamente no bolso um desses cadernos rançosos, sujos.

Não havia outros pertences — objetos sagrados ou simplesmente dinheiro — nas vestes de frade do Conselheiro. Sobre o corpo ele não usava mais que o tecido grosseiro em que se confeccionava a cogula. Nos bolsos não havia faca ou colher, nenhum tipo de utensílio. O nômade andava sempre pronto para a grande viagem em que partiria para os Céus, pois a Terra se extinguiria — e aqui ele não teria mais nada a fazer a não ser conduzir os fiéis, que escapariam da aniquilação para o outro mundo. O espólio que por vias tortas eu trouxe de Canudos ainda está comigo — nem com o passar de décadas tive coragem de me desfazer do caderno de anotações. Não sou supersticioso, mas é possível que os objetos utilizados por aqueles homens, ou apenas suas caligrafias, contaminem quem os toca ou guarda... isso lembra as pessoas que negam a existência de Deus mas invocam secretamente os santos, fazem o sinal da cruz quando ninguém as vê. Nas páginas amarelecidas ainda se podem ler algumas linhas desbotadas escritas a lápis. São trechos em português tosco, numa formulação confusa. Leem-se coisas assim: "É por isso que digo que quando um povo extermina outro... Então, vindo do oceano chega d. Sebastião com todos os seus exércitos...". Outra passagem: "Esta guerra vai terminar quando a espada de d. Sebastião libertar o povo do jugo da República...". Terceira linha: "Em 1899 a água vai se transformar em sangue, e a Terra vai subir aos Céus...". São Paulo teria tido razão em dizer que Deus escolhera os desajuizados do mundo para si?... Mais tarde, sempre que relembrava Canudos — e quando depois ouvi e li aqui e acolá sobre o que aconteceu no meio século que passou —, ocorriam-me as profecias desvairadas do Conselheiro. Nessas horas procurava o caderno de anotações e não conseguia fazer troça de verdade do louco que naquela época, havia muito tempo — num canto desconhecido do Nordeste brasileiro, no sertão —, acreditava ser também um ungido de Deus... Na juventude eu não entendia, mas hoje creio e compreendo que nas querelas dos homens as obsessões são ao menos tão poderosas quanto a razão.

Quando num gesto furtivo enfiei no bolso o caderno de notas do Conselheiro, eu não pensava nisso. Fazia a saudação com os demais porque já se ouviam as cornetas diante da entrada do acampamento. Os tambores também rufavam, anunciavam que o comandante, seu séquito e os convidados haviam chegado. O barulho se extinguiu de repente, como se os tambores e as cornetas se calassem ao gesto de um maestro. O mutismo rígido era mais tangível do que antes a algazarra e o estrépito de feira. Mais tarde relembrei que no instante tenso, opressivo, súbito em que se fez silêncio, experimentei um pesar inocente que provinha da alma: como se ingênuo lamentasse o fim da Loucura. E a um tempo sentia tristeza e medo, como se naquela hora temesse a manifestação do Juízo — o que também poderia ser perigoso. Porque a Loucura é terrível, mas contém algo de humano, de uma Desordem viva. Tudo o que tinha início com a chegada do marechal não passava de vigência da Ordem.

*

O marechal Bittencourt chegou num cortejo de numerosos militares e civis. Ladeavam-no ajudantes de ordens visivelmente enfeitados para a ocasião: pregaram as patentes, alguns calçaram luvas de pelica, que no sertão causavam uma impressão singular, como se alguém dirigisse palavras elegantes a uma fera na selva. Entretanto não só os oficiais vinham festivos e alinhados: na comitiva do marechal havia também figuras eminentes vestindo trajes civis, altos funcionários do Ministério da Guerra — todos de preto, como se mesmo ali continuassem exercendo seus cargos. À direita do marechal via-se o famoso cirurgião de São Paulo que — assim corria a notícia — comparecia porque desejava estudar no local os ferimentos mais raros e espetaculares e tinha a curiosidade do especialista por saber o que havia de verdade nas informações de que nossos soldados enviavam os prisioneiros para o outro mundo retalhando-lhes a barriga. Ao menos era esse o rumor que se espalhara pelo acampamento.

Entre as personalidades da cidade que seguiram o marechal até as imediações do arraial de Canudos destacava-se um velho padre de batina lilás: arcebispo da Bahia, dignitário célebre da antiga capital, que anos antes, no início dos distúrbios — ainda no tempo do Império —, fez circular um documento contra o Conselheiro e seus fiéis. Contudo nem a resistência da Igreja pôde impedir que os fanáticos erigissem Canudos. Do pescoço do velho arcebispo pendia um crucifixo de marfim numa grossa corrente de ouro, e ele ocasionalmente erguia suas mãos pálidas, magras, num gesto hesitante, como se, embaraçado, ele mesmo não soubesse o que seria mais apropriado: distribuir bênçãos ou maldições...

Porque naquele lugar, no palco dos acontecimentos onde cristãos amadores haviam construído às ordens de um louco a aparição delirante que os rebeldes — como num feitiço — denominavam Cidade Santa, o arcebispo olhava em redor inquieto e alarmado como o entendido que por fim via de perto as atrocidades dos trapaceiros. Entretanto seu incômodo continha também o medo de quem compreendia que a religião era uma força extremamente perigosa. No final da Primeira Guerra li no jornal a declaração entre jocosa e séria em que um chefe de Estado afirmava que a guerra era coisa tão grave que não podia ser confiada a militares. Os rebeldes pensavam coisa parecida ao não entregar a religião aos padres. E nesse momento o arcebispo, frente a frente com Canudos, pestanejava perturbado. Pois os protestos da Igreja, as excomunhões no sertão tinham sido inúteis como no passado as regras policiais de fachada das autoridades civis. As penitências que se faziam ouvir depois das profecias anunciadas nas reuniões do Conselheiro, os fiéis assumiam sem contestação: escavavam os antigos cemitérios e, com o mármore roubado, no lugar dos jazigos erguiam santuários, locais votivos.

Os pedreiros e os carpinteiros — mesmo os que não faziam parte do bando aturdido do Conselheiro —, artesãos dos lugarejos da região, trabalhavam de graça para os moradores de Canudos. A ralé errante, os vagabundos do sertão carregavam servis as pedras para as construções. Os ricos das cidades e dos latifúndios próximos doavam espontaneamente os materiais necessários para as capelas e lugares santos... E o arcebispo sabia que seus párocos fechavam os olhos a esses desmandos alucinados, heréticos, porque o pagamento dos batizados, enterros e casamentos os jagunços condescendiam em deixar para os padres. Por isso o arcebispo naquela hora, a hora da vitória, olhava em redor apreensivo e ocasionalmente erguia as mãos amarelas, secas, hesitante, alarmado. Por fim cruzou os braços sobre o peito e com lábios apertados, finos, exangues postou-se silencioso à esquerda do marechal. Era um homem magoado: um personagem que assumia o papel remanescente da Inquisição e julgava o drama de Canudos, essa paródia distorcida do sectarismo e da heresia, um atentado contra a sua pessoa e a dignidade da Igreja. Vez ou outra, sem consciência, franzia as sobrancelhas como se recordasse o tempo em que a fogueira era uma prática administrativa comum. Porém àquela hora Canudos não passava de um braseiro frouxo, fumegante, acre, malcheiroso. Talvez ele pensasse nisso, porque às vezes sorria distraído.

As personalidades da cidade e os porta-vozes militares vieram de noite num trem especial que chegou à estação vizinha de

Queimadas. De madrugada barbearam-se, tomaram o café da manhã no conforto do vagão-restaurante e a seguir, nas mulas especialmente a eles destinadas, arrastaram-se até o Rancho para testemunhar a celebração final preparada pelo governo no sertão.

Era evidente que o governo — algumas horas antes do último assalto de baionetas, da "limpeza" — trouxera os convidados com essa finalidade. Para tanto armara o comunicado no próprio cenário do lugar. Nos dez meses anteriores Canudos fora "território proibido", cujos acontecimentos não podiam ser presenciados por nenhum estranho. Canudos tinha sido uma guerra selvagem, cheia de ímpetos sombrios, distorcida, mestiça, aterrorizante, que dispensava testemunhas de fora. Mas quando tudo terminava, o governo permitia que os observadores da cidade acorressem — como se estivéssemos depois da corrida, e os *chulos* arrastassem o touro, os *banderilleros* prendessem os cavalos feridos, a arena ensanguentada fosse coberta de areia e a plateia atenuasse a sede de sangue chupando sorvetes... Ali, os *chulos* e os *banderilleros* éramos nós — no final da nossa corrida já se podia dizê-lo —, o Exército federal. E a sacrificada era a gente do Conselheiro, os habitantes de Canudos.

E porque a terra brasileira se repletara de lendas durante os meses da campanha, as instâncias superiores se empenharam em desfazer — antes da destruição formal, militar — toda sorte de mitos. Foi o que trouxe o marechal, as personalidades fardadas e os convidados civis ao Rancho do Vigário. Foi por essa razão que convocaram os jornalistas que até então observavam o arraial de Canudos a uma distância segura, de Queimadas e de Monte Santo — porque o governo intentava mostrar que a Ordem regressava ao sertão e a máquina da Democracia e da Civilização voltava a funcionar. O telégrafo de Queimadas enviava ao mundo a notícia — conforme a determinação do Rio de Janeiro — de que, na história triunfal da jovem federação,

Canudos fora apenas um acidente administrativo. E pretendia-se que o povo brasileiro, e o de outros países, acreditasse que a República havia restabelecido a ordem com força inconteste, sua superioridade moral e econômica havia dobrado os instintos rebeldes dos homens do sertão... Assim o planejaram nos escalões superiores.

Os civis e os ajudantes de ordens que acompanhavam o marechal vestiam-se com tanta distinção — lornhão e taça de champanhe nas mãos, como se estivessem na mansão dos governantes da Bahia — que nem parecia estarem visitando o amontoado de dejetos humanos chamado Canudos, e sim pavoneando-se numa cerimônia oficial. Destacava-se um senhor de barbas brancas, solene, que trajava um sobretudo negro, colete branco de piquê e chapéu-coco — visão rara ali na mata!; em pouco tempo todos sabiam que essa personagem invulgar era diretor de um grande banco no Rio além de patrono da sociedade protetora dos animais. De todo modo devia ser um figurão, porque os jornalistas lhe abriram caminho respeitosamente e a um aceno do marechal um ordenança de pronto lhe ofereceu uma cadeira. No sertão — onde na prática o dinheiro não tinha nenhum valor e talvez só servisse para que os sertanejos derramassem balas de metais nobres e pouco poupassem os quadrúpedes, tal e qual os seres de duas pernas — esse distinto economista e defensor dos animais causava perplexidade. Como se a Canudos chegassem figuras lendárias... E seguindo suas pegadas — como nas peças clássicas o coro grego —, acotovelava-se um contingente rosnador, ruidoso: os correspondentes de guerra.

Os jornalistas de São Paulo, do Rio de Janeiro e dos grandes periódicos estrangeiros compunham uma presença mais belicosa que os soldados extenuados. De alguns ombros pendia a máquina fotográfica em estojo de couro, outros traziam tripés e logo se postaram para o trabalho: sacaram as câmaras e seus acessórios e montaram-nos sobre os apoios de pés de cegonha. Depois, erguendo os braços, incendiaram lâmpadas de magnésio. Outros, ainda, começaram a remexer, selecionar as raridades apreendidas em Canudos dispostas sobre a comprida mesa. A maior parte dos enviados viera para o passeio em trajes quase teatrais. Os jornalistas de óculos de sol, calças até os joelhos, casacos de couro atiravam-se à exposição excitados como caçadores primitivos a farejar. Entre eles havia um tipo de casaco xadrez, monóculo, que exalava fumaça de um havana grosso e olhava em redor arrogante como se no corso, no Rio, medisse os passantes. E outro que no primeiro momento sobressaiu apenas porque sua aparência não era urbana nem passava uma informalidade artificial. Vestia roupas quase esfarrapadas, descuidadas, como se não fosse jornalista, conhecedor da arte da redação, de cultura citadina, e sim um sujeito vindo dos subúrbios do Rio, das casas de telhado de zinco, das fileiras do refugo da cidade grande. Esse homem destacou-se de imediato a par das personalidades, dos soldados paramentados como em dia de parada, dos repórteres coloridos. Assim que o marechal e a comitiva entraram na latada, reparei de esguelha nesse homem, obviamente um estranho àquele lugar — não era jornalista de vocação como os demais.

Contudo havia tanto para olhar que logo o esqueci, e não me ocupei mais dele até a hora em que inesperadamente se fez ouvir.

O marechal esperou que o grupo impaciente, barulhento, que se aglomerava sob as explosões de magnésio se acomodasse. Então — lentamente, respeitoso — virou-se de frente para os representantes da imprensa e indagou educado:

"Os senhores têm alguma pergunta a fazer?..."

*

Naquela ocasião o marechal Carlos Machado de Bittencourt devia ter cinquenta e cinco ou cinquenta e seis anos — em algum ponto a meio caminho entre a maturidade e o começo da velhice. Estava na idade em que os homens, de manhã, enquanto se barbeiam, apalpam desconfiados a pele ensaboada do rosto porque não se surpreenderiam se de noite, durante o sono, a surpresa pérfida se realizasse, apoplética: o bofetão da velhice. Não era gordo, mas sob o paletó de alpaca, de brilho sedoso, que lembrava pelo de camelo, despontava uma barriga. (No acampamento, a fama desse paletó lendário só se equiparava à da túnica azul do Conselheiro.) Desde agosto, quando chegara a Monte Santo para assumir a direção do assédio a Canudos, naufragado no fracasso militar e na infâmia, o marechal andava a dar ordens nesse paletó de alpaca. Era seu traje quando visitava os hospitais de campanha, onde sua indiferença, seu patriotismo sonhador e a demonstração protocolar de correção e angústia eram tão estranhos quanto aquele casaco que a personagem de alta patente usava como uma espécie de uniforme.

Debaixo do paletó apontava a barriga do homem que envelhecia: a barriga da cidade, sim, essa saliência civil do corpo que no Rio, no escritório, talvez nem chamasse a atenção. Mas em Canudos — naquela hora, no fim do inverno, entre os oficiais e praças reduzidos a ossos pelas carências e sofrimentos da batalha — a barriga que entrou na latada evocou para a maioria dos companheiros de infortúnio (mais tarde o confessaram), e também para mim, uma imagem: "Eis o burguês!"... Não tenho estudos, embora viva entre livros. Apesar disso, devo mencionar que naquele tempo — nos últimos anos do século passado —, no final da primeira década da nossa jovem República, o conceito de "burguês" não tinha no Brasil o mesmo significado que em outros lugares do Ocidente. Ainda não carregava uma conotação incitante, ofensiva. Entre nós o "burguês" ou, com mais delicadeza, o *bourgeois* não contemplava o uso que mais tarde fizeram desse jargão os socialistas — com uma ênfase de escárnio, de desprezo. O proletário também não era o "batalhador" ou o ser "consciente" como se dizia no Ocidente. Não era "consciente" porque na verdade não era "proleta" — era vaqueiro, jagunço ou apenas sertanejo, portanto um homem que tinha mais a ver com suas raízes do que com a sociedade circundante.

E tinha mais vínculos com o ambiente em que vivia do que com o país cujos parágrafos, regras, instituições se impunham à natureza dos homens. Como o oligarca, o senhor feudal, rei das pequenas pastagens, que não demarcava os limites de suas propriedades (mesmo hoje, com a exatidão dos livros de registro, é difícil estabelecer onde começa e onde termina o latifúndio de um oligarca...) porque os limites humanos, sociais também eram imprecisos. "Cidadão" — no sentido do termo na Europa — era fenômeno raro em nosso contexto brasileiro. O homem que não tinha moradia na cidade ou conta bancária não se sentia proletário, porque desconhecia esse conceito social. Nessa cultura não havia ascensão, evolução, mas apenas o perigo que ameaçava sua condição natural. Para o sertanejo, a sociedade que o rodeava com sua imundície viciosa não dirimia a suspeita de que todas as coisas inteligentes escritas nos livros dos estrangeiros brancos que apareceram por aquelas bandas trezentos anos antes não eram princípios mais verdadeiros que as leis inclementes da raça e da natureza.

Entretanto não tenho o direito de falar sobre esses assuntos; todos os especialistas os compreendem melhor. Eu posso simplesmente afirmar: o marechal que de paletó de alpaca e bengala de passeio entrou na latada recém-varrida do Rancho do Vigário para, ante os fotógrafos que brandiam brilhos de magnésio, encerrar num ato solene um drama histórico torturante não era o tal *Homo americanus*, o índio bastardo, fugitivo, de que falavam os etnólogos... E não se originava do grupo de brancos aventureiros que cinicamente distorceram o mote dos conquistadores — *ultra aequinoctialem non peccavi* — e o emendaram dizendo que além do limite do equinócio não havia "pecado", que além do Equador havia somente "possibilidades" com que o branco viveria pervertido, cruel e impune... Também não se via ali um aristocrata genuíno — era inútil grafar o *de* antes do sobrenome —, como os portugueses que se orgulhavam do sangue azul... Quem era ele então? Um cidadão, um funcionário — um fenômeno social novo por aqueles lados. Era marechal, embora não fosse militar; não portava arma, e sim bengala de passeio e paletó. E vencera porque conseguira organizar — com a ajuda de mil jumentos e mulas — uma linha de suprimentos no sertão. Quedava-se estático, barrigudo. Nós o contemplávamos boquiabertos.

Eu o via pela primeira vez — não só eu como a maioria dos que estavam no recinto, veteranos de Canudos, nunca o tínhamos visto. Vencera de lápis na mão — diziam que era maníaco por registros e anotações. Era invisível como o Conselheiro — porém aparecia sempre em todo lugar que demandava organização: em Queimadas quando as locomotivas emperraram, em Monte Santo quando a disenteria assolou o acampamento. Ele havia conferido a munição das baterias de artilharia enterradas ao pé da Favela, os barris de projéteis dos canhões Krupp, e corria o rumor de que tomara parte nos combates noturnos da investida contra Canudos, estava no arraial quando os soldados lutaram de casa em casa com baionetas, engatinhara com os praças nos canais de lama, sem faca nas mãos mas com a bengala... (Porque além do lendário paletó e da barriga jovial de burguês a marca registrada do marechal incluía também a bengala — de bambu curtido, a ponta reforçada com uma proteção de borracha —, que ele levava a todo lugar e jamais entregava a ninguém.) Assim — de paletó e bengala — parecia estar sempre de partida para um passeio voltado para a saúde. Foi como entrou no recinto.

Não era um "celta" e portanto, segundo as nossas concepções, não era um descendente puro de portugueses — esse tipo de coisa sabia-se pelo faro. Bastava olhar para ele, e logo se via também que não era "crioulo" — não havia nascido aqui, não descendia de nossos pais e mães que despencaram da Europa, os quais sempre traziam um pouco de sangue de cor... Era branco, talvez uma mescla de origens alemã e francesa — não entendo de raças, mas ouvi dizer que na Europa Central vivia uma espécie de homem que genericamente chamavam de montanhês, alpino. Mais tarde diziam que provinha da Alsácia: mãe alemã, pai francês. Contavam também que na juventude tinha se preparado para a carreira militar no País de Gales, numa escola de cadetes inglesa: nisso podia haver alguma verdade, porque logo me dei conta de que sabia falar inglês fluente, com vocabulário rico, embora com pronúncia de estrangeiro. Essa constatação me envaidecia, porque o conhecimento da língua inglesa significava uma cumplicidade, uma superioridade entre os muitos nativos de cor, meio selvagens, ali presentes, que em sua maioria falavam o próprio português com sotaque. Seu cabelo bem curto era grisalho, e as suíças que brotavam das têmporas também eram brancas — como a pelugem prateada de um homem do mundo. Usava um pincenê de lentes grossas que de tempos em tempos — com cuidado, delicadeza — tirava e, sacando um lenço de batista fina do bolso do paletó, limpava com escrúpulo míope. Os sapatos — esses calçados de três botões em couro amarelo macio — tinham sido confeccionados em alguma sapataria da moda do centro do Rio; isso também jamais fora visto no sertão. Mas no todo — e era o que atraía a atenção de fato — não havia nele nada de chamativo. Parecia um funcionário de alto escalão na repartição, em dia de semana, longe das trincheiras de Canudos.

Apreensivo postei-me a seu lado e examinei atento o célebre personagem. Se é verdade que todo homem lembra alguma espécie animal e ao longo da evolução conserva os traços do ancestral — como há rostos de pássaro, cabeças de gato, sim, caras de peixe —, o marechal Bittencourt era uma transição entre a ovelha pacífica e o pastor-alemão que guarda a casa. Ao se deter no meio do Rancho esperando que os fotógrafos finalizassem as explosões de magnésio necessárias aos primeiros retratos, alargou a gola usando dois dedos conforme o hábito dos gordos quando sentem calor e o colarinho os aperta. Todos o observavam porque no instante em que entrou compreenderam — soldados e civis — que com aquele senhor não se podia discutir: era o chefe. Os jornalistas, que — segundo a fama e o que se via — não eram de prestar muitos respeitos, aguardavam desconfiados as palavras do comandante no momento histórico. Porém antes que o marechal assumisse a palavra, ouviu-se um estrondo de canhão. Dois tiros passaram zunindo baixo — num gemido indolente, pesado — sobre a cobertura da latada, na direção de Canudos. O marechal, pestanejando míope, olhou para o teto:

"O que é isso?", perguntou, e pigarreou.

Os jornalistas resmungavam, empurravam-se uns aos outros. Um coronel grisalho — Antônio Olímpio da Silveira, comandante da 11ª brigada de artilharia do 5º regimento — limpou a garganta e ergueu a mão diante da boca num gesto que parecia afastar uma mosca. Disse em tom servil, embora com inflexão hesitante, como fazem de hábito os militares ante a obrigação de responder às ordens de um superior civil:

"Os heróis da 5ª brigada comemoram a vitória com salvas do alto do morro da Favela."

Bittencourt recolocou cuidadosamente os óculos sobre o nariz. Displicente — como se não tivesse tempo de discutir com menores de idade — disse por sobre os ombros:

"Diga aos imbecis que parem imediatamente."

E quando o coronel embaraçado respondeu com tossidelas, repetiu mais alto:

"Cessar fogo! É uma ordem. Passe-a ao coronel."

Antônio Olímpio da Silveira empertigou-se. No velho soldado o reflexo de obediência foi mais forte que a revolta de um condecorado contra a injúria pública. Rosnou em tom apagado:

"Cessar fogo. É uma ordem."

Bateu os calcanhares e saiu a passos firmes, apressado. Do alto da Favela mais dois tiros ressoaram sobre o Rancho. O marechal olhava para cima e meneava a cabeça como se entristecido pela estupidez e desesperança humanas. Postou-se em frente ao mapa — de costas para os jornalistas — e apoiou-se sobre a bengala. Disse:

"Senhores, aproximem-se."

*

Os jornalistas se entretinham aglomerando-se abraçados atrás do marechal, que não os via: examinava o mapa militar esticado sobre uma cartolina amarela, repleto de pontilhados, pregado na parede. O arcebispo sentou-se diante do mapa como um espectador no camarote. O cirurgião jogou a cabeça para trás, perscrutou o ambiente severo e pretensioso como se avaliasse desconfiado a verdade clínica do mundo dos pacientes fardados. Os militares que seguiam sérios os movimentos do marechal — dois coronéis, vários majores e capitães — passavam os jornalistas em revista como se não esperassem coisa boa de civis, apesar de que àquela hora, infelizmente, nada pudessem contra eles.

O grande mapa militar mostrava Canudos e os arredores em quadriculados. A caatinga, a região das matas e espinhos em cuja brenha milhares de nossos homens sangraram, feriram-se, os cartógrafos representaram em nanquim estriado. O mapa era um trabalho consciencioso, como se confeccionado para um exame na escola de cadetes: no centro uma linha figurando tijolos cercava Canudos, à direita e à esquerda setas indicavam as edificações estratégicas e administrativas mais importantes da cidade de taipa: a igreja velha desabada sob o fogo dos canhões; o santuário e a igreja nova, que ruíram atingidos em cheio, embora ainda abrigassem o que restava das tropas rebeldes; o cemitério novo e o velho. Um traço grosso em giz negro mostrava o que havia de relevante na situação militar dez dias antes: indicações à mão davam a entender que a linha serpenteante era o cerco de 23 de setembro, portanto a linha de fogo da infantaria avançada. Via-se em realce o território ocupado entre 1º e 5 de outubro, onde as tropas se encontravam àquela hora: um traçado hachurado representava a entrada de Canudos. Setas esparsas evidenciavam a situação do acampamento, os canhões Krupp postados ao pé do morro da Favela, os hospitais de campanha, e um círculo vermelho assinalava as barracas improvisadas do alto comando. Os pontilhados que se espalhavam pela superfície do mapa na encosta da colina entre a Favela e Canabrava representavam as coberturas escarlate dos casebres de barro de Canudos. O mapa havia sido elaborado com minúcia e precisão de conhecedor — e o marechal, apoiado na bengala, os óculos presos no nariz, inclinava-se com a vista curta, como um entendido a examinar o quadro pendurado na parede do museu.

"Nós estamos aqui", disse, e mostrou um ponto com a bengala. "Este é o Rancho do Vigário. E aqui está Canudos." Pigarreou de novo e depois — como se pesasse cada palavra, pois prestava contas não só a jornalistas mas também à história — disse pausadamente: "Mais precisamente, nesse lugar ficava Canudos em 23 de setembro. A três quilômetros daqui... Cinco mil e duzentas casas...". Indicava os pontinhos no mapa com a bengala — as casas de Canudos, o palco da batalha — como um professor, na escola, figuras num quadro-negro. "Aqui podemos ver a posição do exército, senhores" — disse satisfeito. "Nossas perdas..." Franziu as sobrancelhas. A um sinal o ajudante de ordens sacou, de uma maleta inchada de documentos, registros estatísticos anotados em folhas amarelas. Era claro que o ajudante — coronel Joaquim Manuel de Medeiros — havia ensaiado a prestação de contas. Com a maleta cheia debaixo do braço, o pacote de documentos amarelos entre as mãos, declinava os dados solícito como um aluno ofegante esforçando-se para responder com brilhantismo às perguntas da prova.

A expressão severa do marechal se suavizou. Ele estava visivelmente satisfeito, pois o coronel despejava a lição com a diligência de um escolar bem preparado. "Do início de junho do ano passado até hoje nossas perdas foram próximas de cinco mil mortos e feridos", recitava. "As perdas da artilharia... Mortos, oito oficiais, trinta e um suboficiais, quatrocentos e vinte praças... As perdas da 1ª brigada de infantaria até a metade de agosto... Mortos, quarenta e três oficiais..." Curiosamente, mesmo para mim esses mortos e feridos transformados em números perdiam seu caráter sensível. Como se nunca tivessem vivido uma realidade de carne e osso. Como se eu não tivesse conhecido um ou outro em pessoa, como se eu não tivesse escrito uma carta à amada de Manuel, à mãe de José... Como se cada um dos homens em si e isolado dos demais não fosse uma completa tragédia — enquanto escutava o estatista recitante, tudo o que era humano perdia a forma por trás dos números. A estatística teria tanto poder? O marechal devia pensar assim, porque de vez em quando concordava sério como o professor a elogiar o estudante destacado que havia queimado as pestanas para decorar a matéria.

Os jornalistas escreviam compenetrados. A campanha de Canudos, esse escândalo nacional, ocultava-se nas sombras da mata virgem; ninguém sabia das cifras precisas das perdas. A partir de então os números rodavam insensíveis como numa roleta. O diretor do grande banco — o célebre protetor dos animais — movia a boca, repetia os dados sem emitir som, como numa reunião de acionistas — antes da distribuição dos dividendos —, enquanto pesava as informações do balanço da empresa. O arcebispo tinha fechado os olhos como se escutasse uma palestra científica cuja essência não compreendia, mas segundo as leis do decoro social não se retirava, ficava em seu lugar, apenas cochilava com semblante indiferente. O famoso cirurgião, durante a enumeração dos mortos e feridos, assentia de quando em quando como se contasse justamente com aquilo; olhava para o alto, franzia a testa como quem avaliava tudo, pois os mortos e os feridos — na estatística e na realidade — estavam onde ele esperava que estivessem. Às vezes cerrava as sobrancelhas dando a entender que ponderava o que ouvia.

Como o coronel se encantava com o próprio desempenho e — como o dervixe os rodopios — não conseguia interromper a declamação mecânica, passados alguns minutos o marechal acenou irritado. O gesto autoritário fez o ajudante engolir as palavras. Bittencourt se aprumou — mais precisamente, com a ginástica abdominal vaidosa e marota das pessoas com tendência à obesidade, encolheu a barriga sob as abas do paletó de alpaca. Súbito virou-se de frente para os jornalistas.

No início falou rápido, com voz nasalada, como se de repente uma máquina de calcular se manifestasse. Tudo o que dizia se encaixava com precisão: os dados se ajustavam, e por fim os vários fatos configuravam um somatório, como algarismos na resolução de um problema matemático. Seu tom dava a entender que ele não havia preparado a apresentação: os detalhes — os mortos e os feridos — jaziam numa célula cinzenta de alguma circunvolução cerebral como num arquivo. E quando às vezes ele se calava, sua boca continuava a se mover muda, sem consciência, como se fizesse contas. Assim começou a explanação.

Ao longo da guerra essa era a primeira entrevista coletiva em que o próprio ministro da Guerra falava — até então os jornalistas se inteiravam das notícias diárias pelos oficiais —, e nessa hora em que o homem célebre e poderoso fazia uso da palavra, os correspondentes o cercavam acotovelando-se impacientes com o bloco de notas e o lápis nas mãos. Na latada não se ouvia outro ruído a não ser a voz rouquenha, fanhosa de Bittencourt. Afora isso, o silêncio era denso, viscoso. No final das frases mais longas Bittencourt respirava ofegante, com falta de ar. Tudo o que dizia se revelava uma prestação de contas judiciosa, e entre os ouvintes ninguém duvidava de que ele enunciava a verdade cristalina, imparcial — porém a um tempo tínhamos consciência de que ouvíamos menos um relato histórico e mais o procedimento sensato de um funcionário que formalizava um documento diante de nós.

Porque Canudos — e tudo o que lá acontecera nos meses anteriores —, para o ministro da Guerra, não se tratava de uma explosão humana ou de um desmoronamento social: era um relatório cheio de números oficiais, mais nada. E ele lavrava essa ata para depois guardá-la em algum lugar — num arquivo ou na história do Brasil.

Assim, disse: "Meus senhores!...", e limpou a garganta. "Há um ano, em dezembro de 1896, no estado da Bahia, uma gentalha fanática, que negava as leis, insurgiu-se contra a nação e a ordem social... sim, contra todas as convenções civilizadas da convivência pacífica." Silenciou, engoliu em seco — via-se que não esperava sinais de aprovação nem apreciava as palavras, apenas virava uma página de sua consciência, folheava uma das laudas do documento. Fechou os olhos por um momento e, quando encontrou o que buscava, prosseguiu satisfeito: "Após dez meses de luta heroica as Forças Armadas da República sufocaram a rebelião. A anarquia acabou".

Nesse instante um contingente dos rebeldes remanescentes na selva de lama descarregou caprichoso uma rajada de fogo sobre o acampamento — os nossos, como se respondessem a uma imprecação, revidaram de pronto a saraivada de tiros —, e o marechal, as sobrancelhas erguidas, olhou injuriado pela janela quebrada na direção de Canudos, como se ouvisse uma interrupção indelicada a que todavia não reagia por considerá-la irrelevante. Esse entreato durou alguns segundos — os correspondentes, que mal haviam taquigrafado a declaração do marechal, ao som dos disparos atentaram incrédulos. Vários deles sorriam ironicamente. Diante disso Bittencourt fixou de novo o mapa como alguma coisa que apesar de tudo era mais segura que a Canudos divisada pela janela.

"De madrugada a 8ª brigada de infantaria vai limpar o terreno", disse de passagem.

E deu as costas para o mapa, indicando assim que não tinha mais nada a dizer, aguardava as perguntas.

Entretanto os jornalistas permaneciam calados. Era evidente que o jargão militar, a "limpeza do terreno", a expressão oficial, desagradava-os. Bittencourt notou o clima de animosidade, o silêncio hostil o incomodava. Uma vez mais apontou a bengala para o mapa como um guia num museu:

"Aqui foi dizimada a primeira expedição", disse com a impaciência do profissional cansado da companhia de escreventes amadores. "E aqui foi dizimada a segunda..." Assestava a bengala para a serra Vermelha. Ainda assim, o eco de suas palavras se perdeu. Como se o anúncio oficial da vitória provocasse mais oposição do que arrebatamento nos presentes. Por fim, de surpresa, tomou a palavra o sujeito de monóculo que até então tragava mudo o charuto como se tivesse despencado ali, na latada, onde se apresentavam curiosidades etnográficas, durante um passeio. Com o grosso havana entre os dedos, perguntou em tom de enfado, displicente: "Marechal, quantos restam ainda?...". Bittencourt alegrou-se com o interesse. "Do outro lado?..." Não esperou resposta, a pergunta surgira a tempo, quebrara o silêncio carregado. "Sampaio!...", rosnou. O jovem major respondeu: "Pois não". Estava junto da porta, entre os oficiais da infantaria, sujo e barbado. Tinha o braço direito numa tipoia, porque havia se ferido dois dias antes numa das incursões noturnas, de baionetas, ao submundo de Canudos. "Quantos sobraram?...", perguntou o marechal. Como se não falasse de homens, mas do gado que vagava pelos campos ressequidos, o major respondeu com uma prontidão natural, de vaqueiro: "Trezentos. Pouco mais. Todos homens". Falava dos esquálidos que ainda cambaleavam do outro lado. Parecia o guardador que prestava contas ao senhor, no tempo da seca, dos animais mortos durante o dia e do resto que perambulava sedento em torno da fonte extinta, dos córregos secos. O marechal assentiu e voltou-se para o arcebispo, como se esperasse uma bênção da Igreja por ter trazido definição a uma pergunta. O arcebispo despertou, embora nem com um olhar desse sinal de aprovar o que ouvira. Todos silenciaram consternados.

O vento da noite movimentou-se e da caatinga varreu na direção do Rancho os vapores densos, adocicados, da putrefação. Pela janela aberta a lufada nauseante inundou a latada.

O marechal sentia o ambiente tenso e olhava à volta desconcertado. Acontecera algo com que não contava. Engolia em seco, com mãos trêmulas ajeitava a gravata de seda azul-escura como bolem as pessoas gordas, cardíacas, quando temem uma síncope ao se enervarem. Naquele instante o marechal percebeu que aquela coisa opaca, sem forma, denominada "opinião pública" não era uma miragem na neblina, e sim realidade. O silêncio pesado, soturno, o mutismo de repúdio com que os correspondentes seguiram o diálogo entre o marechal e o major atordoou o funcionário de alta patente habituado ao eco servil. Como se nesse instante o drama de Canudos se aclarasse também para ele: grasnava com falta de ar. Porque até aquela altura tudo não passara de verdade oficial: cem mortos, uma ata, duzentos prisioneiros — dados que na contabilidade do governo se tornavam supérfluos, portanto podiam ser apagados —, outra ata. E o que acontecera ao longo de dez meses entre Canudos e Monte Santo... Milhares e milhares de feridos que jaziam nas covas dos confins inacessíveis do sertão como na seca os cadáveres das bestas mortas, como os couros esturricados pelo calor e os ossos endurecidos, queimados pelo sol que ressecava as matas. Para o marechal isso tudo compunha um documento oficial. Porém naquela hora entravam em cena aqueles estranhos incômodos e sempre desconfiados, as testemunhas do "outro mundo", cuja proximidade das manobras domésticas, secretas, os militares e funcionários públicos não se compraziam em autorizar.

O marechal olhou em redor com um piscar hesitante, porque perante desconhecidos tinha de se justificar de alguma coisa que — pensou nisso pela primeira vez — talvez fosse mais que o delírio de oito mil fanáticos selvagens no matagal, na cidade de taipa. Ficou visivelmente perturbado, porque nunca imaginara que um dia o mundo cobraria explicações do que sucedera em Canudos. Como se tivesse ocorrido mais que o extermínio recíproco convulsivo, a guerrilha entre rebeldes e tropas federais... Como se naquele instante Canudos não se "encerrasse" e, mais, alguma outra coisa — inesperada — principiasse... Homens seminus haviam se rebelado contra o que numa massa encefálica enevoada denominavam "inimigos ancestrais"... Até então tudo se dera nas trevas, no sertão do Brasil.

49

Porém chegavam as testemunhas — e o marechal perscrutava o recinto com ar sombrio.

Subitamente disse entusiasmado: "Escrevam tudo, senhores!... para a nação... sim, o mundo tem o direito de saber a verdade. Essa guerra, pois bem... Foi uma guerra diferente, sem tantas regras...". Perdeu a fala porque um dos jornalistas — um homem mais velho, de óculos, que usava uma gravata-borboleta La Vallière e chapéu-panamá — interrompeu severo: "Sem editorial, senhor ministro", disse insolente. "Deixe isso por nossa conta." O marechal enrubesceu. "Que jornal o senhor representa?", perguntou vermelho como um pimentão, embora respeitoso. O repórter de óculos deu de ombros e respondeu com dignidade: "*La Nación*". Bittencourt curvou a cabeça: "Ah", e pigarreou. Como se esperasse por isso, acenou para um ajudante de ordens.

Ao sinal o capitão deu um passo à frente e sem fazer pergunta estendeu alguns exemplares amassados de jornal ao marechal. Ante o desafio de acertar as contas com o correspondente, parecia evidente que Bittencourt havia se precavido. Ergueu e brandiu o jornal com uma das mãos, como o advogado a evidência incriminadora. "A liberdade de imprensa é um grande valor, senhores", disse com gravidade. "As leis escritas e não escritas da República asseguram a liberdade de imprensa. Porém não se pode mentir", gritou ameaçador. "O *La Nación* disse isso, meu senhor?..." — e exibiu uma edição do jornal. "É uma grande honra o maior jornal de Buenos Aires ter enviado um repórter ao sertão do Brasil..." O velho de óculos olhou à volta inquieto como alguém surpreendido por fazer arruaça. Entretanto o marechal ajeitava o pincenê com pressa e se punha a ler em voz alta o texto assinalado a lápis vermelho na primeira página do *La Nación*. "O seu jornal, senhor, no final de julho... sim, no dia 30 de julho, vejam, leiam... o seu jornal comunicou pela primeira vez ao mundo a mentira de que um bando contrarrevolucionário suspeito... com sede em Nova York... qual era mesmo o nome?" O velho jornalista respondeu baixo: "A União dos Amigos Argentinos do Império do Brasil...". O marechal bufou satisfeito. "Sim, exatamente. Agradeço o esclarecimento, senhor. *La Nación*, o seu jornal, apressou-se em noticiar ao mundo que este bando... o destacamento dos monarquistas rebeldes derrubados... teria quinze mil homens na região da Bahia... é verdade?", perguntou severo. O velho, indiferente: "E mais cem mil em outros lugares do Brasil. É verdade, foi o que escrevemos". O marechal, triunfante: "E sessenta mil em diversas cidades dos Estados Unidos... Todos gângsteres e gringos contratados com dinheiro dos monarquistas...". Sacudiu o jornal, a prova da culpa. Ameaçador, ríspido, disse: "Mas isto ainda não é nada". Lentamente, começou a folhear as páginas.

Inesperadamente, o comunicado à imprensa desenrolou-se de forma diferente da prevista pelos repórteres que acorreram de Monte Santo a convite do governo. De súbito o marechal se transformava no acusador, promotor e juiz do processo de Canudos. E os réus não eram mais os rebeldes, e sim os jornalistas, que — segundo a suspeita do marechal — recebiam dinheiro dos monarquistas para que o povo brasileiro e o mundo acreditassem numa ficção: o mito da restauração monarquista. A acusação que os rivais monarquistas da federação espalhavam nos noticiários internacionais dava a entender que o governo da República se esforçava por sufocar num banho de sangue cruel e animalesco não somente uma perturbação localizada da ordem causada por milhares de maltrapilhos selvagens, fanáticos, disfarçada de loucura religiosa, mas também a casa imperial de Bragança exilada e a conspiração ousada, dirigida e organizada do exterior pelos monarquistas derrotados, para quem Canudos era apenas pretexto e álibi... As profecias alucinadas do Conselheiro a toda hora invocavam a República como a besta e inimigo atávico, e as cantilenas dos rebeldes citavam também o nome de d. Pedro, o imperador constrangido ao desterro: a suspeita não parecia de todo sem fundamento. Não só o correspondente sul-americano escrevera sobre isso, como também certos jornais brasileiros veicularam a hipótese de que os eventos de Canudos e do sertão na verdade não passavam de um golpe armado, de um ensaio dos oligarcas, que desse modo tortuoso, com uma guerra clandestina de guerrilha, desejavam derrubar a República.

Posto isso, o marechal falava no tom de quem havia por fim obtido salvo-conduto para o papel, podia irromper na grande ária. "É o fim da mentira", quase gritava. "Queiram olhar em redor. E depois escrevam que não encontraram um único conspirador monarquista entre os nossos presos."

Isso caiu bem. Mas nós — os soldados que guardávamos a latada — não nos entreolhamos, porque temíamos que ante a afirmativa onipotente um ou outro pudesse começar a rir... pois os jornalistas, entre os prisioneiros passados no fio da espada, dificilmente encontrariam testemunha que contestasse ou comprovasse a afirmação do marechal.

Apesar disso, Bittencourt arengava de boca cheia. "Canudos não foi mais que a revolta dos incultos", bradou solene. Dirigia-se ao arcebispo como se pelo importante e bem formulado pronunciamento de estadista esperasse a anuência da Igreja. No entanto o arcebispo não saiu da proteção prudente de seu estado sonolento, não respondeu nem com um olhar. Assim, o marechal baixou a voz em meio-tom: "Esses incultos são herança da monarquia". Olhou à volta, aguardou o efeito. Porém a declaração altissonante não comoveu os jornalistas céticos. Bittencourt virou-se mal-humorado. Foi até a mesa onde as ordenanças tinham amontoado os despojos de Canudos. Empunhou um jacaré e com o asco afetado do pequeno-burguês examinou a ferramenta mortífera manchada de sangue. Os repórteres acompanharam a demonstração. Rodearam a comprida mesa coalhada dos símbolos da vitória e passaram de mão em mão as peças apreendidas mais raras, as armas bárbaras. Havia os apressados, que embolsavam algumas dessas lembranças. Os fotógrafos se afobavam, esforçavam-se em perpetuar para os leitores, com zelo pressuroso, as peculiaridades da mesa cheia de troféus.

Durante alguns minutos o marechal observou paciente os correspondentes que reviravam o monte de lixo confiscado. A seguir atirou a faca sobre a mesa e num tom irritado — como quem sabia que era tempo de encerrar uma cena repulsiva embora necessária do ponto de vista do governo e da tranquilidade da opinião pública — perguntou rouco:

"Os senhores ainda têm alguma pergunta?"

*

"O Conselheiro", indagou de surpresa um correspondente, "o que houve com ele?..."

Falava num tom severo. Todos se voltaram. O dono da pergunta era o homenzinho que havia entrado na latada junto com os repórteres — o homenzinho que de pronto atraíra minha atenção e que de certa forma parecia estranho ao grupo vistoso, barulhento. Até então guardara silêncio. Podia ter uns quarenta anos, era um tipo magro e acanhado. Seu cabelo engordurado, negro, caía sobre a testa, e os ossos largos, proeminentes, do rosto evocavam uma ascendência índia. Era uma figura excêntrica, errante, mais um vagabundo que um jornalista... que num momento de descuido se imiscuíra furtivo na sociedade urbana. Ainda assim, quando esse homem de roupas descuidadas, de aspecto desleixado pronunciou o nome do Conselheiro, todos se voltaram para ele, e os correspondentes começaram a se agitar aliviados. De repente, concentrava todos os olhares. O marechal virou-se com desprezo para o homem de trajes e aparência desmazelada. Perguntou pretensioso:

"Que jornal o senhor representa?"

O estranho ficou calado. Outros responderam por ele:

"Ei, Euclides! Você tem razão, Euclides!... O que houve com o Conselheiro?..."

O de monóculo bradou o nome do jornal: "*O Estado de S. Paulo*!... O senhor não o conhece?...".

O homenzinho continuava mudo. De cabeça baixa, mantinha-se imóvel no meio da algazarra; fitava o chão como se prestasse atenção em outras coisas. Ao ouvir o nome do Conselheiro, os jornalistas se alvoroçaram. Um clima de "mostre a cara!" tomou conta da latada.

"O que houve com o Conselheiro?...", berravam, "está vivo ou morto?... Está preso ou fugiu?..."

O marechal observava com a cabeça inclinada. Encarava o homenzinho sujo e os enviados belicosos. A seguir — senhor de si e com superioridade, como se esperasse a pergunta e soubesse de antemão a resposta — sorriu. Assentiu com a cabeça para mostrar que concordava com os entrevistadores. Pois essa questão detinha o sentido da guerra de Canudos.

Havia dez meses que essa era a pergunta de todos no Brasil quando se falava de Canudos. "O que houve com o Conselheiro?..." Era a pergunta que se fazia nas cidades, nos cafés e nas aldeias distantes aonde tinha chegado a fama e a sorte da figura lendária. As pessoas queriam saber se o Conselheiro vivia de verdade ou se existia somente na imaginação dos místicos itinerantes ensandecidos, loucos, dos contadores de história charlatães. Era verdade, como espalhavam os soldados, que o profeta insano caíra durante a carnificina dos últimos dias, fora encontrado numa das covas da igreja velha e seu cadáver atirado ao lixo?... Era verdade que não foram os nossos que acabaram com ele, mas o remanescente de seus fiéis, que se rebelara e o matara? Seria possível que o Conselheiro estivesse morto fazia vários dias e só vivesse ainda na fantasia dos revoltosos, em delírio febril pelos vapores dos monturos?...

Essas perguntas atormentavam o correspondente e os leitores brasileiros havia semanas. Era chegada a hora de acabar com o mito. Pois se o Conselheiro vivia, se não fora preso, se tivesse escapado e estivesse escondido no sertão, a aniquilação da cidade de taipa teria sido inútil, a lenda continuaria a se propagar qual fumaça azulada, como na seca a cerração da madrugada no horizonte... A excitação religiosa, a crendice não cessariam de arder na alma dos homens do sertão. Eles esperariam a volta do Conselheiro como a de d. Pedro, o imperador... e persistiria a esperança de que o líder alucinado reapareceria na mata sertaneja e alimentaria o instinto de liberdade, de vadiagem primitiva dos sertanejos enlouquecidos. No que dizia respeito ao governo da jovem República, a vitória só seria definitiva se os soldados pudessem mostrar o Conselheiro — vivo ou morto — ao mundo. Era preciso ter certeza...

Porém Bittencourt permanecia calado e sorria — irônico, sim, altivo — de um modo singular.

O homenzinho cujos pares chamavam de Euclides fez uso da palavra novamente:

"Marechal, o que houve com o Conselheiro?...", perguntou. E continuou fixando sério o chão, como se falasse consigo mesmo.

Quando a personagem estranha reiterou a pergunta, todos se entreolharam. Como se naquele instante compreendessem que Canudos tinha um significado que transcendia a matança. O Conselheiro era o segredo e a razão de Canudos — a figura invisível que de acordo com a lenda era a um tempo profeta, chefe guerreiro, árbitro, sacerdote e líder místico. Esse homem lembrava os reis-sacerdotes das teocracias do mundo pré-colombiano. Segundo se dizia, reinava na mata primitiva com uma autoridade espectral, mágica. Os refugiados e os desertores relatavam o fenômeno... mas se vivia de verdade, se era realidade, como era ele? Vibrava nele a força da loucura? Convocara, recrutara essa comunidade selvagem com uma força que transcendia a razão? Ou detinha também um poder diferente, espiritual, criara com práticas de magia negra — em condições mais animais que humanas — Canudos, o covil de taipa batizado, numa distorção perversa, de Cidade Santa, Nova Jerusalém, onde em meio à fumaça e fuligem ardiam paixões bárbaras, como incêndios nas pradarias?...

 Canudos havia acabado, isso todos já sabiam. Mas o que era do Conselheiro?...

*

 O protocolo caiu por terra. Os correspondentes de guerra cercaram o marechal atropelando-se com as palavras. Era verdade — perguntavam — que o Conselheiro tinha sido preso e o comando militar o enjaulara para enviá-lo — o homem peludo, esquálido, vestido num camisolão azul — ao Rio, onde seria exibido pelas ruas como um animal selvagem acorrentado que caíra numa armadilha?... Pois ouviam-se também rumores como esse. Outros queriam saber o que havia de verdadeiro nas notícias de que ele não fora pego, estava vivo e fugira, largara tudo nas mãos de alguns chefes do bando e abandonara à própria sorte seus líderes combatentes, que — como nos velhos tempos, em terras distantes, os cruzados na Terra Santa — comiam cadáveres, endoidavam de sede, assim esperavam que o destino se cumprisse... Era verdade que não havia apenas um Conselheiro, e sim muitos — aparições que usavam todas a mesma fantasia, a túnica azul, duplos que continuavam a disseminar o hospício, a revolução, a obsessão que negava a civilização pelo sertão brasileiro? Era verdade...

O marechal, como um maestro, ergueu as mãos. Quando a algazarra amainou, disse seco e sério:

"Os senhores desejam ver o Conselheiro."

Disse-o ao ajudante de ordens por sobre os ombros. Pronunciou as palavras com gravidade, lentamente, degustando-as. Fez um bico com os lábios e exibiu a ponta da língua como o gastrônomo que por fim prova um pedaço saboroso. Quando o pequeno escritor desleixado proferiu a pergunta, a expressão do marechal se suavizou. Seus olhos brilharam de alegria, sorriu aliviado — parecia o prestidigitador no limiar do momento grandioso em que finalmente poderia deslumbrar a plateia incrédula, tiraria as pombas e o coelho da cartola, aos olhos da audiência hipnotizada soltaria fogo e engoliria a espada. Por sobre os ombros disse apenas:

"Mostre."

Falou num sussurro. O cabra de pronto entendeu. Com um gesto cerimonioso tirou do caldeirão de cobre a tampa pesada de chumbo. O brutamontes negro que lembrava uma estátua deu três passos na direção do marechal com o tacho nas mãos. O odor da aguardente — e depois um cheiro nauseante, o cheiro da decomposição — se evolou do recipiente de metal. O cabra não tinha pressa, via-se que sentia prazer em revolver a bebida. Solene e às gargalhadas retirou — do fundo do caldeirão — alguma coisa que talvez fosse uma cabeça humana. Ergueu bem alto o troféu.

O marechal sorriu satisfeito. Levantou a famosa bengala — como o ilusionista a varinha mágica — para mostrar a visão surpreendente:

"O Conselheiro", disse.
E com a língua, quase lascivo, lambeu o lábio superior.

*

A cabeça, ou o que quer que fosse aquilo, era pequena como os crânios contraídos, como as cabeças encolhidas, carbonizadas, em miniatura, dos sacrifícios dos índios andinos. E como as cabeças reduzidas por defumação tinha uma vivacidade horripilante, como se do caldeirão emergisse um rosto com toda a expressividade de um pequeno ser vivo. Com a mão inteira o cabra empunhava num gesto viscoso os cachos grisalhos do troféu que pingava aguardente: exibia e lentamente balançava, pendurada, a cabeça humana.
A cabeça de múmia curtida no líquido também lembrava os fetos nos vidros de álcool dos laboratórios. Contudo havia mais. O semblante larval e a fisionomia de uma intensidade espectral — os olhos fechados, a boca fina, cerrada, emoldurada pela barba branco-acinzentada — evocavam os fetiches moldados em couro e estopa que os feiticeiros errantes e as megeras que se abrasavam na fama de bruxas ofereciam nas feiras. Os magos dos mercados vendiam por dinheiro essas imagens milagreiras para trabalhos de magia, para a imprecação de pragas, envenenamentos. A pelugem — a cabeleira abundante que se derramava sobre um ombro invisível, a barba cinza que um dia tocara a cintura e cujo dono, o Conselheiro, cultivara durante cinquenta anos e nunca havia aparado — envolvia o que restava da cabeça como uma coroa tecida de pelos. Dizia-se que acerca dessa barba de profeta os fiéis entoavam litanias em meio a soluços e lamentações. A barba curtida no vapor nauseabundo, doce, oleoso da aguardente tinha se transformado num emaranhado, numa massa grudenta.

O ser que um dia vivera por trás das barbas, que não fazia muito tempo usara essa pelúcia que salpicava os ombros e descia até a cintura, ganhava uma consistência carnal nas mãos do negro. Como se estivéssemos diante de um fantasma: com quase dois metros de altura, magro — pele e osso como as raízes suspensas. Como se um vulto tivesse entrado no recinto trazendo nas mãos etéreas a cabeça do dono. Lembrava os seres horrendos dos pesadelos: como se vestisse um corpo e na túnica azul se aproximasse com o saco nos ombros — com o saco onde segundo a lenda guardava As horas marianas, o livro de oração primitivo cheio de imagens sagradas deformadas, multicores, e o odre de água. A cabeça erguida pelo negro fazia reviver um homem que havia pouco alarmara um império — era como se o comprido cajado de pastor também viesse nas mãos da visão, o cajado de profeta com que ele se arrastara pelos descaminhos do sertão durante décadas... A aparição era como se o negro tivesse retirado do caldeirão não só uma cabeça humana encolhida, curtida em cachaça, e sim o homem inteiro, crânio e tronco juntos — o homem que em vida mais fora sombra e imagem do que fenômeno de carne e osso. Expressivo, o rosto miúdo enquadrado pela barba e pelas mechas de cabelo dava testemunho da personagem que pouco antes usara aquela cabeça.

 O marechal, as mãos na cintura, os óculos presos no nariz, curvou-se para a frente. Encarou o crânio como quem num dos momentos cruciais da vida observava assombrado a realidade e não conseguia decidir sobre seu sentido verdadeiro: triunfo ou derrota?... Lançou um olhar de súplica ao cirurgião como se do especialista esperasse uma aprovação ao que ali se via. Entretanto o cirurgião, de braços cruzados, contemplava a cabeça inerte, encolhida, como se tudo não passasse de uma apresentação clínica. Não só ele se quedava assim sério e paralisado. Os jornalistas também emudeceram. Apenas os fotógrafos trabalhavam, e às explosões de magnésio o marechal voltou-se na direção das câmaras irritado. Porém os retratos já haviam eternizado o instante: o marechal brasileiro encarando uma cabeça degolada.

No silêncio enjoativo, penetrante, denso, de aguardente — mais tarde misturado a outros cheiros impuros —, a situação teve sobre os presentes um efeito diverso do esperado para o encerramento de um entreato organizado por militares. Havia um quê de litúrgico na cena: nos movimentos do negro ao erguer a cabeça como um padre pagão o fetiche. Aquela larva de um palmo, aquele rosto tecido de pele e pelos, aquela boca estreita havia pouco mobilizaram no sertão forças semelhantes aos fenômenos da natureza, às explosões climáticas trágicas, elementais, capazes de modificar os fundamentos do convívio humano. Cerca de cinco mil soldados regulares morreram e se feriram porque aquele homem vira na República uma besta e inimigo ancestral. E conseguira estender essa crença equivocada a oito mil bárbaros fanáticos que negaram todas as leis da civilização e com a engenhosidade e instinto ardiloso das feras das selvas lutaram contra os armamentos modernos. Lutaram e morreram. Por quê?... A pergunta se impôs a todos. O marechal também pensava nisso, porque começou a falar baixo — nem tanto para os jornalistas e dignitários, e sim para a cabeça decepada.

"Esse era ele", disse. Tirou o pincenê, pegou outra vez o lenço imaculadamente branco no bolso e limpou com cuidado a lente embaçada. Depois recolocou os óculos, inclinou-se sobre a cabeça e falou com a seriedade escrupulosa do profissional. "Nossos soldados o encontraram há quatro dias. Jazia nas proximidades do santuário, diante do altar sacrificial talhado em madeira... Os fiéis se ajoelhavam e rezavam à sua volta." "Foi morto?", perguntou baixo o homenzinho desmazelado. O marechal meneou a cabeça. "Não foi morto", disse em tom de confidência. Já se dirigia também aos demais correspondentes. "Anotem, senhores, que o líder do bando rebelde..." Engasgou. Olhou interrogador para o ajudante de ordens. "Antônio Vicente Mendes Maciel", gritou rouco o oficial, como se soprasse uma corneta. O marechal assentiu. "O Conselheiro", emendou satisfeito. "O líder dos insurretos de Canudos. Morreu de exaustão. Seus fiéis envolveram o cadáver numa cambraia." Falava solene, usando expressões requintadas, tinha prazer nas próprias palavras. "A declaração!", rosnou para o ajudante de ordens.

O major sacou de uma maleta um documento redigido em papel selado, semelhante a um pergaminho, e se pôs a ler em tom oficial: "O comandante do 1º batalhão, guiado pelos prisioneiros de guerra de Canudos, encontrou nas valas entre as ruínas do assim chamado santuário o corpo que os presos identificaram. No terreno seco o cadáver de dois dias não começara a se decompor. O comandante e as testemunhas confirmaram a autenticidade do achado. Do corpo tiraram fotografias. Abriram um livro de registro, que os presentes assinaram. Atendendo a ordens superiores, cortaram a cabeça e a guardaram em álcool". O marechal o interrompeu. Disse ao cirurgião num tom apologético: "Não havia formol à mão". O cirurgião, sério, concordou como se compreendesse essa discreta irregularidade técnica, não tinha questões quanto à aguardente. "O tronco foi enterrado no local. A cabeça, levada ao comando pela guarda." O major dobrou o documento.

"Os retratos", disse seco o marechal. "Os senhores desejam ver os retratos."

Dois ordenanças distribuíram apressados as fotografias do cadáver do Conselheiro. Os jornalistas disputavam as cópias. As imagens eram o trabalho especializado de fotógrafos militares: uma delas mostrava um corpo humano curtido em lama cinzenta — mais os contornos de alguma coisa que tanto podia ser um esqueleto como um cadáver. À outra só faltavam as dimensões reais dos retratos de estrelas nos cartazes de cinema. O rosto do

Conselheiro parecia inchado, as órbitas cheias de detritos de barro. A fotografia não lembrava o crânio reduzido que o negro, cerimonioso, como prova concreta, mantinha erguido — talvez porque o vapor da bebida ainda não tivesse detido a deterioração da face. Os enviados, os retratos entre as mãos, comparavam desconfiados as imagens à cabeça decepada. Depois de uma discussão em voz baixa, repleta de grunhidos, concluíram que a figura representava o Conselheiro — ninguém duvidava que a cabeça cortada, encolhida, era na realidade o que restava do Antônio.

A cena armada com escrupulosa disciplina marcial — a solenidade final pela vitória das Forças Armadas da República e a prova de que Canudos não havia sido uma contrarrevolução monarquista dissimulada, e sim a insurreição de fanáticos supersticiosos, alucinados — interrompeu-se com a argumentação arrastada dos presentes. Todavia Bittencourt não dava mostras de que a entrevista terminara. Fitava a cabeça alheio aos demais. Como se a cabeça o hipnotizasse: os olhos fechados, a boca fina, cerrada no estertor da morte... Eu sei, o que vou relatar pode parecer absurdo: nem então nem mais tarde consegui me livrar da suspeita de que naqueles instantes a cabeça falou ao marechal. Sim, não só a Bittencourt, mas a todos na latada — como falam os espíritos, sem voz porém inteligíveis. A razão refuta a hipótese, e a considera crendice quem nunca passou por isso. Entretanto o marechal não era o único que fixava os restos do Conselheiro num encantamento paralisado.

O banqueiro, o cirurgião, sim, também o arcebispo, se puseram de pé e se aproximaram como se houvesse ocorrido algo inesperado, extraordinário, que tinham de ver de perto. O burburinho dos jornalistas se extinguiu, no mutismo repentino também eles se achegaram — lentamente, relutantes — do negro.

O que aconteceu? Tenho o dever de contar — embora possa causar riso. Naquele momento aconteceu de a cabeça nos falar — a todos no recinto... Não com palavras ou sons, mas de outro modo. Como acreditavam os sertanejos na caatinga: os mortos, nos primeiros tempos depois do falecimento, nos primeiros dias, eram capazes de se comunicar com os vivos. Porém sem a necessidade de palavras, de fala; o espírito do morto podia se manifestar sem a mediação do corpo.

O que disse?... Estranhamente, na quietude repentina, na imobilidade torporosa, entendemos a fala muda. Não só o marechal espantado, de olhos arregalados, vítreos, mas os correspondentes desconfiados, cínicos, os homens cultos da cidade grande, também ouviram, na hora terminal da tragédia de Canudos, a cabeça — aquele fetiche de pelos e ossos nas mãos do negro — bradar sem voz, dirigindo-se a todos. E o marechal, a fronte suada, enunciou gaguejante o que a cabeça gritava. Deu um passo para trás, endireitou-se e rouco — como quem a um tempo perguntava e respondia — berrou:

"Brasil!..."

Naquele instante compreendemos a resposta do Conselheiro. Fez-se grande silêncio no recinto.

*

Ninguém tinha pressa de sair. Os militares e os civis perscrutavam expectantes, perplexos; o que iria acontecer? O marechal — pálido como quando nas antigas tragédias a ação chega ao limite máximo de intensidade e o *deus ex machina* intervém — não se mexia. Naqueles momentos — e na hora seguinte, em que pude observá-lo, e a tudo o que veio depois, de perto — o homem mais velho, gorducho, comportava-se como se pela primeira vez na vida se visse numa situação que era incapaz de classificar entre as memórias de suas experiências. Dava-se conta de que todo conhecimento geográfico e, no que lhe dizia respeito, todo documento e cálculo da escola ou do seminário continham na verdade alguma coisa mais. Até então, na consciência do marechal, "Brasil" não passara de um conceito, imagem cartográfica que o mapa evidenciava com razoável precisão. O Amazonas, o rio selvagem, preguiçoso, que corria mortífero. E na distância, os Andes. Um dos ângulos do mapa mostrava a área em que estávamos — onde se enfileiravam as barracas do poderio militar brasileiro, as ruínas da cidade de barro de Canudos e entre as ruínas os sertanejos condenados à morte. E nas mãos do negro a cabeça contraída que, obstinada, por entre os lábios cerrados dizia: "Brasil".

O mundo que amanhecia detrás do mapa não tinha forma: o sertão. A fera sempre faminta, pronta para o bote. E os incontáveis animais de criação que pereceram aos milhões quando a seca passou a asfixiar as pastagens, a costa nordestina e a região de Canudos. (No início do verão sentia-se em tudo — mesmo na latada — que o flagelo se aproximava, a umidade da vida começava a se ressecar na terra, nas plantas e nos outros seres vivos.) Esse conceito — Brasil — transformou-se no cérebro bem organizado, recheado de informações atualizadas, do marechal como quando uma aparição revela ao possuído a verdadeira face da realidade cotidiana. Mas não abalou somente o marechal: nós outros presentes compreendemos que "Brasil" era uma coisa diversa da que nos ensinavam no ambiente do lar, na escola e durante as migrações: diferente do que designavam com o rótulo de "democracia" ou "oligarquia". Diferente do que acreditavam os crioulos que vinham para roubar e matar embora depois alguma coisa os prendesse, amarrasse — a mata, o litoral, o sangue e a carne. Diferente do que imaginavam os mestiços aqui nascidos dos abraços embriagados de aguardente e sangue entre índios e brancos. E diferente do que supunham os negros que trezentos anos antes e no final do século passado foram arrastados da Costa do Ouro em porões de navios — para que depois os sobreviventes do roubo humano, do genocídio denominado transporte, com dentes e unhas, sangue e carne, se agarrassem à terra, às montanhas, à costa, às pastagens e às minas. E do índio fizessem zambo. E mais tarde todos eles, em uníssono, gritassem — em voz alta ou mudos — como berrava a cabeça cortada: "Brasil!...".

Pois foi o que aconteceu. Sei que para estranhos e cientistas esta narrativa é absurda. Muito do que não vivenciamos pessoalmente parece inconcebível... O marechal estava pálido. Nós todos, calados. Então — enquanto o marechal e o Conselheiro se encaravam — aconteceu mais. Não era fruto da imaginação, porque todos no recinto testemunharam. O eminente arcebispo e os jornalistas experimentados também. O grande cirurgião, bem como o rico banqueiro. E todos gemeram ou suspiraram quando viram a boca cerrada, fina do Conselheiro — "boca" que era quase uma linha divisória na máscara de couro — se contorcer. Ainda hoje não sei o que causou a transformação. Talvez a aguardente espessa de alto teor alcoólico que a pele pergamínácea, seca, absorvera. Ou os vapores noturnos do calor de início de verão. A tepidez da palha na latada... O certo é que a boca do Conselheiro começou a sorrir — não havia equívoco possível, a boca sorria irônica. Esse riso era tão assustador que o marechal deu um passo para trás e pôs as mãos nos lábios. Muitos soltavam assobios, murmuravam.

*

A cabeça ria como se assim respondesse ao marechal... Reproduzo a cena como eu a vi. Outros talvez tivessem uma interpretação diferente.

Passaram longos minutos até Bittencourt se recompor. A risada horrenda, digna de um museu de cera, foi o final torturante, surpreendente, da pomposa cerimônia de encerramento. O marechal transpirava, enxugava a boca e a fronte com o lenço. Depois — com ar militar, de comando — se pôs a falar. "A cabeça vai para a Bahia. Ainda hoje à noite. Imediatamente!", rosnou. O negro recolocou a cabeça no caldeirão de aguardente como quem lamentava.

À ordem inesperada, sombria, a paralisia hipnótica que tomava a latada desapareceu. Os jornalistas começaram a se agitar. "O que será da cabeça?", indagavam. "Vai ser exposta, desfilar pelas ruas ou o quê?..." Perguntavam, atropelavam-se com as palavras. Mas o marechal não respondia. Voltava a ser o funcionário seguro, eficiente, o chefe severo: acenou para dois ajudantes de ordens, que entenderam o sinal e se aproximaram ladeando o negro. Dirigiram-se à saída, para o acampamento e a noite, onde os esperava a parelha de mulas que transportaria o despojo até a estação de trem: no tacho de cobre cheio de aguardente, a cabeça risonha do Conselheiro.

Nesse meio-tempo o marechal não se dignou de responder aos jornalistas: falava ao arcebispo enquanto o negro deixava a latada com o caldeirão. Trocaram palavras em voz baixa, e o prelado às vezes assentia sério, como se concordasse com um ato estranho porém calculado. Nós que vigiávamos de perto sabíamos que falavam sobre a cabeça do Conselheiro — a cabeça que partia na direção da antiga capital baiana para ser exibida ao povo, a fim de que se mostrasse em praça pública, como prova concreta da vitória, o fetiche espectral, que gargalhava irônico. Ao passo que se punha de acordo, o arcebispo dirigia um olhar soturno aos céus — como o entendido que, ante a necessidade de uma decisão, refletia: qual seria a consequência da exposição pública de um objeto de culto pagão?

Enquanto isso um ordenança — coronel Joaquim Manoel de Medeiros, homem de confiança do marechal, o mesmo que tinha acabado de ler os dados referentes às perdas durante a guerra de Canudos — pedia em voz baixa que os convidados fossem à barraca do comandante, onde haveria refrescos. O grosso dos jornalistas apressou-se na direção da saída; era evidente que não eram tanto os refrescos e aperitivos que os atraíam, mas a vaidade profissional: não queriam se atrasar no envio dos telegramas para o mundo. O coronel os encorajava afável: "O telégrafo está funcionando", cochichava a um e outro com intimidade. "O trem especial os espera em Queimadas!..." Entretanto o marechal deu a entender que desejava falar de novo. O grupo que vinha aos empurrões estacou.

"Meus senhores", disse Bittencourt com ar solene, inesperado. "Escrevam o que viram. Nossa jovem República trouxe ao sertão a bandeira triunfal das ideias democráticas."

Engoliu em seco — o discurso era ensaiado, mas a declaração o incomodava, porque ele não sabia ao certo se uma ideia tinha uma bandeira. Os jornalistas, embora impacientes, prontos para a partida, tomavam notas com zelo profissional. O marechal tossiu e disse em voz alta:

"A grande tarefa da democracia será acabar com a falta de cultura, berço de toda maldade humana."

Notava-se pelo tom que também isso fora decorado. Ele olhava em redor à espera do aplauso. Quando as manifestações de agrado se aplacaram, o homenzinho se fez ouvir — o mesmo que tinha sido o primeiro a perguntar acerca da sorte do Conselheiro. Estava de frente para o marechal, meio curvado, como o caçador que ergue a faca no matagal e se prepara para a estocada. Falou alto, grave:

"A democracia deu início à extinção da ausência de cultura com a extinção dos homens incultos."

A ofensa explodiu como um petardo. O marechal inclinou-se de súbito para a frente como se tivesse levado um gancho na altura do estômago durante uma luta. Respirou fundo, enrubesceu. Com a extremidade da bengala apontou pela janela aberta as trevas, o sertão na direção de Canudos. Perguntou:

"Sabe o que é aquilo na escuridão?"

O correspondente de guerra deu de ombros:

"Sei", disse em voz baixa. "O Brasil."

Respondeu com a palavra que tinha sido usada pela cabeça e pelo marechal — mas num sentido diferente. Deu meia-volta, preparando-se para partir. Antes que ele alcançasse a soleira, a voz do marechal o deteve:

"Seu nome, senhor!"

A resposta veio em tom imparcial, cortês:

"Euclides da Cunha."

Dirigiu-se para a saída a passos arrastados, negligentes. Para o marechal o nome não dizia nada. No entanto os jornalistas lhe abriam caminho solícitos, como se soubessem de uma e outra coisa sobre o repórter d'*O Estado de S. Paulo* e o respeitassem. Bittencourt acompanhou boquiaberto a figura que se distanciava. Antes que ele pudesse dizer alguma coisa, o homenzinho deixou a latada e desapareceu na noite.

Agora, ao reviver esse momento, olhei as estantes onde se pode ler o nome de Euclides da Cunha nas capas dos grossos livros encadernados em couro. Neles, nas variantes de centenas de milhares de palavras, está tudo o que o escritor assinalou naquela hora com uma única palavra: *Brasil*. Cinquenta anos antes, na latada do Rancho do Vigário, eu não sonhava que um dia esses livros estariam dispostos nas prateleiras da biblioteca de São Paulo. E quando — há meio século — ouvi esse nome pela primeira vez, tampouco imaginei que um dia escreveria a meu modo um livro sobre o que vivi. E o que Euclides da Cunha não escreveu porque já não estava quando aconteceu o que vou narrar a seguir.

*

Porque depois tudo se deu rapidamente. Como se a testemunha tivesse se afastado — o homem que em meio à confusão dos fatos tinha visto a verdade — e nós, os figurantes, as estatísticas da realidade, pudéssemos retomar aliviados nossos afazeres. Bittencourt também caiu em si; voltava a ser o chefe com poderes irrestritos. Distribuía ordens com voz gutural, acompanhava gentil o arcebispo até a porta, tagarelava com o cirurgião e o banqueiro, lamentava não poder juntar-se logo a eles em Queimadas porque — era compreensível — de noite ainda teria tarefas a cumprir, desejava supervisionar pessoalmente a desmontagem do acampamento, a partida das tropas e os detalhes das atividades de limpeza programadas para a madrugada...

Soubemos que segundo os planos o marechal só retornaria ao quartel-general após a meia-noite — decisão corajosa, pois a travessia noturna do matagal da caatinga não era, mesmo com o poder de patrulhamento das forças de Canudos aniquilado, empreitada livre de riscos. O arcebispo, os dois senhores da cidade e alguns correspondentes se despediram do marechal com um cortês aperto de mão, ao passo que a maioria dos jornalistas só se preocupava em conseguir lugar num dos muares protegidos pelas forças de defesa, para, no rastro do destacamento que transportava a cabeça do Conselheiro, alcançar Queimadas, de onde poderiam enviar as notícias ao mundo.

A latada logo se esvaziou. Bittencourt, apoiado na bengala, esperou que os civis desaparecessem na escuridão. Escutava imóvel as discussões rumorosas que se distanciavam, o estalar de chicotes dos condutores das parelhas de animais, o ranger das rodas das carroças, a algazarra e os fragmentos de conversas. Como sempre no começo do verão na caatinga, a noite caiu depressa. A mata em torno do Rancho do Vigário mergulhou nas trevas sem aviso, sem crepúsculo. Os brilhos de pirilampo dos archotes e luzes de acetileno que acompanhavam as carroças piscavam no negrume denso do sertão delineando o caminho tortuoso e acidentado da marcha.

O acampamento ficou silencioso. Vez ou outra um clarim soava rouco — as forças da República empacotavam os pertences, as fogueiras ardiam. Talvez a presença do marechal justificasse o silêncio do acampamento, antes barulhento como uma aldeia de ciganos. Os soldados se aprontavam disciplinados para a viagem de retorno. Entretanto o silêncio que se derramava sobre as barracas talvez tivesse outra explicação: como se passados dez meses, depois da matança insana, os homens se dessem conta de que a "vitória" não era exatamente o que haviam imaginado. Não só o acampamento silenciara: também estava numa quietude invulgar, sinistra, o amontoado de barro que — alguns quilômetros adiante — restava de Canudos.

Cerca de trezentas pessoas — as patrulhas traziam notícias precisas, e os últimos prisioneiros, que de madrugada se arrastaram até nós, não mentiam — ainda viviam no arraial. Todavia também elas silenciavam. Na hora anterior não tinha havido um único disparo. Como se Canudos não existisse.

Ordenanças trouxeram velas grossas de altar e puseram um candelabro de dois braços no meio da mesa. Os praças juntaram e retiraram os troféus da vitória; sobre a mesa ficaram apenas o castiçal e as declarações oficiais no rolo amarrotado de papel. Os superiores e os subalternos que acompanhavam o marechal e até aquela altura vinham seguindo mudos, com expressões que mal dissimulavam a contrariedade e a desconfiança, o desenrolar da cerimônia de encerramento, aproximaram-se devagar enquanto se divertiam formando um semicírculo às costas de Bittencourt. As disposições finais, o momento solene do derradeiro ato de guerra, interessavam a todos: em fila, os oficiais de serviço entregavam a contagem das tropas, dos feridos, dos canhões, da munição restante, bem como das barracas e macas. Bittencourt folheava os documentos com visível satisfação. Com sua vista curta e o poder de discriminação do especialista consciencioso, de pronto identificava o que era relevante nas colunas de números e despachava com frases lacônicas.

O marechal e os comandados se entenderam quanto à sequência noturna do acondicionamento do material, a desmontagem do acampamento e a partida. Tudo se desenrolava com presteza, precisão militar, formal. Às ordens, os superiores recolhiam os documentos amarelos, faziam a saudação e aguardavam a autorização para retornar às tropas.

"Senhores, queiram dirigir-se à barraca do comando", dizia baixo um jovem ajudante de ordens.

A notícia de que antes de levantar acampamento o marechal ofereceria refrescos também aos oficiais — como fizera com os convidados civis —, os presentes acolheram com manifestações de agrado. Quando o último dos superiores — um coronel veterano, de bigodes brancos, que nas primeiras semanas da campanha de Canudos levara um tiro no rosto e mal recuperado do ferimento retornara à tropa — deixou o local, Bittencourt, com a voz irritada, entrecortada, chamou o major que havia pouco andara prestando esclarecimentos aos jornalistas:
"Sampaio!..."

O major estava de pé junto à extremidade da mesa, com o braço na tipoia. Aproximou-se mudo e esperou a ordem apreensivo. Bittencourt não olhou para ele. Perguntou — falava para o vazio — de passagem: "Duzentos homens bastam?...". O major, imóvel: "Bastam". Falavam da "limpeza", como profissionais. Dois cúmplices confabulavam e não se olhavam. Ao brilho pálido das velas de altar, o rosto do jovem major parecia subitamente envelhecido. Na mata os seres envelhecem assim, sem transição, quando a seca suga a juventude, a umidade dos corpos, como dos arbustos. Falavam baixo. Falavam dos segredos velados e vergonhosos da tragédia de Canudos... E a nenhum deles ocorria que àquela hora, no fim do drama, a República triunfante talvez pudesse encerrar os acontecimentos com um ato nobre... Entretanto é possível que essa alternativa rondasse a mente de Bittencourt, porque ele interrompeu a fala, como se refletisse. Naquele instante ouviu-se uma gritaria rouca diante da entrada da latada.

"Viva, viva!...", bradavam.

Os oficiais se entreolharam. Bittencourt perguntou enojado: "O que é isso?..."

Lauriano da Costa, comandante do pelotão destacado para exterminar os prisioneiros, deu de ombros. Quando o coro estrepitoso de risadas ecoou de novo na escuridão, o capitão endireitou-se. Disse calmo:

"Trouxeram-nos no final da manhã. São três. Dois homens, uma mulher."

*

Não carece explicação, todos na latada sabiam o que acontecia fora, na noite. Nas proximidades da barraca do comando — onde os convidados e os oficiais consumiam os refrescos — os soldados do pelotão de extermínio se preparavam para matar os presos. E antes da execução, sarcásticos, encorajavam os sacrificados a gritar: "Viva, viva!"... — se assim saudassem a República, eles os matariam com clemência, piedade: com uma bala. Nas últimas semanas esse jogo era diário; os prisioneiros que no derradeiro minuto se recusavam a exaltar a República, em vez de ser fuzilados, partiam para o outro mundo de maneira diferente: os soldados grudavam-se nos cabelos da vítima, puxavam a cabeça para trás e secionavam a garganta — ou, se tinham pressa, simplesmente os eventravam. Todos no acampamento sabiam disso; os oficiais, bem como o comandante do pelotão, capitão Lauriano da Costa. O marechal também sabia.

Esse ódio sedento de sangue foi o capítulo mais infame da barbárie de Canudos. "Viva, viva!", gritavam os soldados, e riam com escárnio, incentivando os presos a implorar uma morte misericordiosa. Contudo poucos dentre os rebeldes respondiam à instigação irônica, cruel. Naquela hora não se ouvia mais que a risada da soldadesca, despida de toda humanidade, nas trevas.

O marechal encarou seus oficiais sombrio, com uma repugnância evidente. Lauriano da Costa compreendeu o olhar e em tom de justificativa disse:

"Trouxeram uma mensagem."

O marechal, com desprezo:

"Mensagem? De quem?..."

"Do Conselheiro. Afirmam que não morreu."

*

Um ou outro oficial ficou perplexo ou protestou. Alguns gargalhavam. Porém o marechal — para assombro dos presentes — não riu. Sem sobressalto, sereno, perguntou de modo formal: "Está vivo?...". Lauriano da Costa, como antes, inseguro: "É o que dizem. E mandou uma mensagem a Vossa Excelência". O marechal, sério: "Qual é a mensagem?". O major, inquieto: "Só podem dizer pessoalmente...".

Esperávamos todos que o marechal respondesse apenas com um gesto por julgar indigno dirigir-se a um subalterno com palavras. Mas Bittencourt pensava em outra coisa. Naqueles instantes — e na hora seguinte —, na mata selvagem, esse funcionário pedante passou por uma metamorfose: a dos homens que experimentam a grande surpresa da vida; não têm clareza do que sucede, mas compreendem que naquele momento o alguém que haviam sido até então — e todos os papéis que representaram — de repente se distorcia, se transformava — como se a personalidade fizesse uma careta. Olhou para o capitão como se — no fim da parada — aquele imprevisto não fosse inesperado.

 A afirmativa não fazia sentido, era inconcebível. Afinal, a morte do Conselheiro era um fato comprovado por testemunhas, registros e fotografias. A hipótese de que a comissão se enganara, empreendera um serviço malfeito ou simplesmente — de má-fé, fiando-se em testemunhas oportunistas — se equivocara na identificação do líder da insurreição era inimaginável e talvez trouxesse consequências perigosíssimas. Quando diante do país e do mundo findava esse drama assustador, desgraçado, com uma cena teatral, ruidosa, a afirmação de três testemunhas fortuitas, emersas do covil de lágrimas de Canudos, não poderia contradizer a proclamação oficial, ainda que fosse verdadeira. Portanto todos esperavam que o marechal ordenasse a execução dos mensageiros.

 Entretanto o marechal permanecia calado. Para o mundo, Canudos formalmente acabara, como uma ata guardada num arquivo empoeirado do Tesouro. Pelo telégrafo, o povo brasileiro havia sido informado de que a Ordem tivera um enfrentamento vitorioso com a Desordem, a razão fora mais forte que as energias carregadas da mata, mais forte do que o Instinto que a civilização uma vez mais combatera... E esse confronto no sertão, no Nordeste do Brasil, tinha produzido uma centelha sinistra. Porém a moral do fim da história foi abalada quando o comandante do pelotão de extermínio — num tom indiferente, entediado — deixou escapar que três sobreviventes se atreviam a dizer que o Conselheiro vivia.

 Por fim, o marechal falou. Em voz baixa — sem se voltar — disse:

"'Tragam-nos aqui."
O capitão — espantado, atônito — não se moveu, apenas inclinou-se para a frente como se não compreendesse a ordem: "Não entendeu?... Vivos. Imediatamente."
E com a ponta emborrachada da bengala, com impaciência, golpeou o chão por três vezes.

*

Lauriano da Costa saiu em busca dos prisioneiros, e o marechal — como se esquecido de que ainda restavam alguns na latada, oficiais, sentinelas e eu, o anônimo insignificante, o escrivão — sentou-se entre as duas velas. Eu estava a um braço de distância, apreensivo, o caderno de anotações debaixo do braço, o vidro de tinta e os instrumentos de escrita nas mãos. O marechal apoiou a bengala na mesa e cruzou os braços. O paletó de alpaca, os óculos, a bengala, tudo fazia crer que não se achava no sertão ante a montanha de dejetos do arraial, e sim à espera dos parceiros de baralho no cassino de São Paulo. Parei bem próximo dele e pude examiná-lo detidamente. Nunca sonhei que um dia fosse observar tão de perto uma personagem importante, um dos poderosos da nação. Lembro bem de tudo o que vi. Enquanto esperava os prisioneiros, o semblante do marechal não parecia irado ou sisudo como quando ele se dirigia aos correspondentes de guerra e a Euclides da Cunha. Estava mais para cansado, triste — se é que cabe uma observação dessa natureza acerca de um homem tão poderoso. Olhava à sua frente como quem, no final de um grande esforço, sentia-se inseguro porque pela primeira vez pensava que os acontecimentos talvez não fossem incompreensíveis, sem sentido, como imaginara até então. Assim, sentado, aguardava os prisioneiros.
Não esperou muito: decorridos alguns minutos, passos ar-

rastados se aproximaram. Primeiro chegou um cabo, a arma e a baioneta calada nos ombros, uma corda com um laço na extremidade presa ao pulso. A corda — como um fio que unia as contas de um colar tosco — trazia três presos. Chegaram em fila indiana. O laço se retesava em torno de seus pescoços como a forca na árvore no instante em que o carrasco se prepara para chutar a banqueta sob os pés do condenado. Tinham as mãos atadas às costas, e o cabo parecia um vaqueiro levando o gado ao mercado. Mais um soldado de baioneta fechava o cortejo. Lauriano da Costa vinha atrás lentamente. Parou na entrada, tirou um charuto da túnica e o acendeu com movimentos demorados, descontraídos. Ficou ali mesmo na soleira, de onde acompanhou o que se seguiu.

*

Os presos, a corda no pescoço, detiveram-se diante do marechal. O cabo bateu continência sem largar a corda que trazia os chegados de Canudos. A latada estava às escuras, mas as velas davam luz suficiente para se divisar os rostos.

O major Sampaio estava sentado à extremidade da comprida mesa, com os cotovelos apoiados. Descansava o braço ferido na borda e segurava o queixo com a mão sã como se estivesse de folga, numa atitude que lembrava a soldadesca na cantina durante a bebedeira. Três superiores e o ajudante de ordens do marechal permaneciam na latada — acomodavam-se nas cadeiras vazias trazidas para o conforto dos dignitários da cidade. Diante da mesa, na cadeira de espaldar alto, entre as duas velas, o marechal. E eu, o aprendiz de escrivão, na ponta. Assim recebemos os prisioneiros.

Na penumbra do recinto o ar era sufocante. O vidro das janelas recortadas na parede de taipa faltava, mas a brisa não trazia frescor nem aromas inebriantes. Naquele ano o verão chegara cedo: nos primeiros dias de outubro o ar se impregnara do cheiro acre da caatinga ressequida, da canícula que se aproximava. Os homens, os vaqueiros, as cabras selvagens e os seres da mata densa, de arbustos espinhosos, no final do inverno, em julho, começavam a migrar. O frio penetrante da noite tropical sobrevinha bruscamente à fornalha do dia. Em dezembro, no verão do ano anterior, os pássaros deixaram o Nordeste. As reses famintas partiam na direção do Recife o tempo todo. A secura constrangia também as árvores anãs a uma condição retorcida, torturada qual paralisia, grupos esculturais de raízes estáticas convulsionadas e cactos aderiam ao terreno esturricado como chaminés de cerâmica nos morros.

No dia de Santa Luzia, em dezembro, os vaqueiros reeditavam a prova supersticiosa: como todo ano, espalhavam pedrinhas de sal pelo caminho das pastagens e de madrugada espreitavam inquietos para saber se nelas se depositava alguma umidade, se o ar ainda continha algum vapor... No mês de dezembro anterior, nos dias críticos da expedição a Canudos, quando sob a liderança do major Febrônio de Brito trezentos homens da infantaria chegaram de Monte Santo, na mata e nos pastos espalhou-se a má notícia: no verão seguinte não haveria chuva, porque as pedrinhas de sal tinham ficado todas secas e duras como rocha... Os engenheiros que integravam a tropa escarneceram dessa crendice.

Porém os soldados não riram. Os homens sabiam que a luta era não apenas contra os rebeldes, mas contra o inimigo invisível, mais perigoso que tudo e todos, o flagelo que como um vampiro drenava da paisagem, das plantas, dos animais e dos homens a água da vida. E ele chegava de repente, sem anúncio — como uma epidemia, como a disenteria ou a insolação dos trópicos. Às vezes, relâmpagos assombravam o horizonte, mas a chuva não vinha. As estrelas, na noite gélida que se seguia ao dia tórrido, brilhavam sobre a mata requeimada como se irradiassem não só luz, mas também uma quentura do além cujo calor não alcançava a Terra. Podia-se ouvir o inimigo em procissão na cidade de barro — cantavam o Kyrie, imploravam chuva. Na noite fria, seca, a cantoria era fantasmagórica, assustadora. Entretanto as comportas do céu não se abriam.

*

Os sacrificados das sucessivas expedições militares jaziam espalhados pelos caminhos ressequidos. Os cadáveres dos combatentes eram como múmias — um ou outro sentado à margem da estrada, um braço erguido à frente da cabeça num gesto de defesa, paralisado no calor árido que sugava dos espinhos dos arbustos os últimos restos de umidade e aspirava também das profundezas da terra as nascentes escondidas. Dos corpos curtidos dos homens e animais só restavam a pele e os ossos calcinados, petrificados. O mal da seca, a cegueira noturna, contaminava as colunas adiantadas: as reses que os acompanhavam, deitadas em torno das fontes esgotadas, pareciam às vezes tropas inimigas — os soldados disparavam contra as bestas desfalecidas. Os animais sedentos que os vaqueiros — quando começavam a migrar ante o perigo — esqueciam, contemplavam suplicantes os homens que por ali marchavam... Mas todos sabiam que não havia salvação.

Esse fantasma acompanhara a campanha de Canudos desde o início. Era a arma secreta da caatinga contra cujo ataque não havia defesa. Algumas semanas antes, perto do final do inverno, em julho, o ar seco consumira as pastagens como o lúpus a pele do rosto. Desde o dia de São José, em março, todos tinham certeza de que naquele ano não choveria: era o outro dia místico

— semelhante, nos trópicos, à Sagração das Velas* na Europa. Trazia os sinais do perigo: em vez da chuva uma torrente de luz ofuscante brilhou sobre a mata. Homens e animais sabiam que não haveria escapatória: principiava o genocídio inclemente, silencioso, de que não se podia fugir. A vida secava nas células da carne e das plantas. Em outubro, no início do verão, nas matas e nas pastarias restavam apenas as carcaças dos animais dizimados, as múmias dos homens mortos de sede, cadáveres embalsamados em luz. No início de julho, meados do inverno, os vaqueiros começavam a migrar na direção dos campos distantes do litoral. Os homens, arrastando-se lentamente, os seguiam.

Somente os de Canudos não fugiam do inimigo invisível e impiedoso: uma força insana os atava ao lugar.

*

Os prisioneiros de guerra que — com a corda no pescoço e as mãos amarradas às costas — os soldados conduziram à latada trouxeram ao recinto abafado o espectro da seca. Pareciam marionetes moldadas na terra barrenta da mata queimada, árida. Mas evocavam também as estátuas índias dos museus que os artistas errantes das selvas talhavam de raízes e ossos de animais.

Viviam, embora apenas como o gado que rondava as nascentes exauridas e não tinha mais forças para mugir. Os três trajavam o mesmo hábito: o saco bendito, a túnica de tecido amarelo com uma cruz na frente e outra atrás, com demônios e línguas de fogo, usada pelos que no passado a Inquisição conde-

---

* Celebrada no dia 2 de fevereiro. Segundo o folclore húngaro, nesse dia o urso sai da toca em que hibernava. Se faz sol, ele volta e segue dormindo, pois ainda haverá frio e neve. Se estiver nevando, ele fica fora, porque o inverno vai acabar. (N. T.)

nava à fogueira. No acampamento sabíamos que em Canudos essa vestimenta representava certos sacerdotes pagãos: só os "pobres" podiam usá-la, ou seja, os que não contribuíam para a comunidade. E corria o rumor de que o Conselheiro — que por outro lado exigia severo que os fiéis compartilhassem as posses — era muito bondoso com esses miseráveis, alimentava-os.

À primeira vista era difícil decidir qual dos três era a mulher. Três dias antes, Antônio Beatinho — espião e homem de confiança do Conselheiro — trouxera cerca de trezentos velhos, mulheres e crianças de Canudos, e contara ao ser interrogado que na cidade de barro não havia mais mulheres. Esse Antônio Beatinho — mulato esperto — era altareiro do santuário de Canudos. Ao mesmo tempo liderava a guarda do arraial que fazia a espionagem doméstica para o Conselheiro. Vigiava as reuniões dos moradores, sabia muito, e suas afirmações pareciam verossímeis. Entretanto, como ponto final, de Canudos vinha uma mulher. Qual dos três era ela?...

A um aceno do marechal o soldado soltou a corda do pescoço e das mãos dos prisioneiros. Como quem se livrava de uma grande carga, os três se agacharam e aconchegaram as mãos em cruz sobre o peito. Havia uma graça na pressa com que sentaram sobre os calcanhares. O da direita era mestiço, os ossos da face largos, a fronte baixa, mais velho. Tinha um chapéu de couro batido pelo uso; um dos soldados arrancou a carapuça com violência, pois era desrespeitoso um prisioneiro rebelde se apresentar perante o grande homem, o ministro da Guerra, com a cabeça coberta. O cabelo engordurado do mestiço era aparado e penteado em círculo sobre a testa — como o dos monges mendicantes. O chapéu rolou, e ele se voltou vagarosamente em sua direção. A pele se esticava sobre as maçãs do rosto como nas efígies dos animais empalhados. Acocorado, as mãos cruzadas no peito, lembrava os santos disformes esculpidos das raízes dos cactos que se viam pelos caminhos e ruínas por onde se ia ao santuário de Canudos. Olhava paralisado para o chapéu, como quem se despedia do único objeto com que tinha uma ligação na Terra. O olhar denunciava um homem que detrás da máscara ressecada ainda sabia alguma coisa sobre si próprio, sua condição e seu destino.

O preso da esquerda era um preto retinto — não mulato, e sim negro como nanquim, descendente dos escravos arrastados para o país, cujos ancestrais não se misturaram nem ao índio nem ao branco. Não era um espantalho esquálido como o mestiço ou como — sem exceção — os que nos últimos dias nossos soldados traziam de Canudos. A maioria não passava de esqueletos, apreendidos porque os combatentes de Canudos os expulsavam da Cidade Santa, não queriam dividir as últimas migalhas de víveres ou os goles apodrecidos que restavam nos odres de água. Não era "gordo", mas de algum modo tinha conservado os tecidos do corpo — o rosto negro era arredondado como o de uma boneca de pano. Faltava-lhe um dos olhos — arrancado por uma bala; em seu lugar havia um buraco cheio de sangue coagulado. Porém o outro olho não fora atingido e observava tudo — ágil, brilhante, inteligente. A cabeça, o corpo e os braços exibiam cicatrizes de ferimentos graves que portava e expunha como mendigos os membros feridos. Os cabelos lanosos, em cachos curtos, os lábios proeminentes injetados, o corpo musculoso, despertavam nessa massa de epiderme negra uma impressão "humana" — embora no limite da linha divisória que na mata mais unia do que separava animais de homens... Mesmo assim, esse negro — já ou ainda — era humano, e as armas, a fome e a sede de Canudos não o deformaram, continuava sendo gente. Era um remanescente da comunidade de Palmares — república negra, país dentro do país, constituída havia duzentos anos por escravos —, e, mais tarde, quando o correr do tempo e a inclemência do sertão os obrigou a abrir mão da liberdade e buscar um entendimento com os antigos senhores, os negros conseguiram manter uma certa dignidade simples. Li que Palmares teve trinta mil ou mais desses fugitivos. Eram exemplos vivos de que o negro não era um escravo apático, desfalecido, como espalhavam os mestiços — os nativos da África preservaram nos trabalhos forçados dos campos e nas matas a propensão rebelde e os anseios de liberdade. Não foi sem razão que há cerca de duzentos anos o imperador, d. Pedro, proibiu o contato entre o habitante do litoral meridional e o das matas setentrionais. Os oligarcas temiam os negros — tanto o escravo como os fugitivos.

E ali estava acocorado um exemplar vivo de que o homem — furtivo, mais próximo do animal que do humano —, no grande caldeirão que o derretia, era capaz de guardar o instinto de revolta. Pela abertura da túnica, na altura do peito, debaixo do braço, via-se a longa haste de um cachimbo de barro.

O soldado, num gesto agressivo — repetindo o que tinha feito com o chapéu —, arrancou o cachimbo do negro agachado. A boquilha de um metro de comprimento — e a chaminé de prata lembrando um dedal — talvez fosse seu único tesouro, porque — como antes o mestiço e seu chapéu — o negro também acompanhou a cena lamentoso. Foi o único instante em que pelo seu rosto — nos olhos, em torno da boca — passou alguma emoção. Nessa dor apaixonada havia um quê de ridículo. Caímos todos na risada. Hoje, transcorrido muito tempo, penso que ríamos embaraçados... Mas é possível que tudo seja apenas fruto da minha imaginação.

O mestiço e o quilombola — como chamávamos por estes lados, com sotaque nordestino, os descendentes dos negros fugitivos —, agachados, acolheram entre eles a terceira pessoa — a que supostamente se contava como mulher. Entretanto quem havia de reconhecer uma mulher naquele esqueleto e naquela cabeça cadavérica? Ainda assim, o sorriso que aquele semblante trazia não era o mesmo que o do negro e o do mestiço: o olhar era fixo e maquinal como o de uma boneca pintada, e como na cabeça mumificada do Conselheiro a carranca arrepiante, o sorriso impregnava o rosto cativo seco e enrijecido como a casca do cacto; aderia como o pigmento à tez negra ou marrom-café. É possível que o sofrimento e a carência cheguem a uma intensidade em que as feições perdem o poder da mímica, da expressividade, e só uma careta ou contorção da boca revelem o que o ser, que vive por trás do fantasma, pensa e sente... A pessoa que seria a mulher vestia uma aparência larval que não denunciava nenhum sentimento: era inerme como se fosse de cerâmica queimada. As linhas imóveis, os olhos semicerrados, a severidade e a loucura que comprimiam os lábios finos de belos traços, tudo parecia indiferente como numa máscara.

O fenômeno que se denomina "mulher" é tanto irradiação como visão, porque mesmo no escuro podemos adivinhar a sua presença — pois isso faltava nessa boneca de trapos e ossos. Porém o rosto, sem emoção ou expressão, ainda era humano, embora impassível como quando uma grande dor ou o grau extremo da luxúria apaga toda marca individual. E num rosto assim só o que resta é que não mais pergunta nem responde. Tinha cabelos longos que caíam sobre os ombros — o emaranhado não se distinguia da lanugem que pululava no couro cabeludo do negro ou do mestiço. Os fios desgrenhados, sujos, não eram penteados ou cuidados havia muito tempo. Estava acocorada de braços cruzados diante do marechal. Não via ninguém: olhava mais para dentro do que à sua frente.

E, singular, essa criatura não tinha "gênero", como os mortos — que não são do "sexo masculino" nem "feminino", apenas mortos. Assim era essa figura.

O marechal examinava os prisioneiros com a cabeça inclinada como o caçador no final da empreitada, a presa sobre a mesa posta. E como se julgasse indigno de sua condição dirigir-se diretamente a seres inferiores, voltou-se para mim por sobre os ombros:

"Pergunte qual é a mulher..."

A honra me pegou de surpresa. Contudo, antes que eu pudesse fazer a pergunta, o vulto de camisola amarela no meio do grupo falou. Rouca, numa voz grave, com o acento do lugar — mas também como um animal que rosnasse — disse:

"A mulher sou eu. Você é o marechal?..."

*

Com um sinal, Bittencourt pediu que eu aproximasse uma das velas ao rosto de quem fizera a pergunta. À luz da chama a prisioneira abriu os olhos. Então, de perto, vi que tinha olhos de duas cores: o esquerdo era azul, o direito, castanho. O par bicolor piscava e cintilava ao brilho da vela como os olhos de um animal atingidos pela luz da madrugada. O marechal examinou atento, longamente, o rosto larval de mulher. Depois, sereno — como quem se dava conta de que alguma coisa chegava ao fim —, disse baixo:

"Eu sou o marechal. O que você quer?"

Falavam depressa — a mulher com um sotaque do Norte, da mata, que o marechal surpreendentemente compreendia. Disse rouca:

"O Conselheiro mandou um recado."

"Você está mentindo. O Conselheiro morreu."

O mestiço e o negro caíram na risada. Mas a mulher continuou séria. Agachada, as mãos em cruz sobre o peito, ficou estática. Durante a fala os lábios finos não se moviam, como se os sons não emergissem dentre os dentes, e sim de um lugar mais profundo, da cavidade torácica — como nos ventríloquos, impessoal.

"Você está mentindo. E seus soldados também. Não foi a cabeça dele que cortaram. Está vivo e mandou um recado."

O marechal inclinou-se para a frente, apoiou-se na bengala: "Qual é o recado?"

"Mandou dizer que está vivo. Não há nada que você possa fazer. É inútil ter canhões. Amanhã haverá dez Canudos no Brasil. E depois de amanhã, cem."

Seus dois companheiros gargalhavam e assentiam como se reafirmassem uma verdade.

O marechal — paciente, desapaixonado — disse quase amigável: "Preste atenção". Com a extremidade emborrachada da bengala bateu no piso de barro da latada. "Sampaio!" O major se levantou, fez continência. "Ainda existe a possibilidade de alguém escapar?..." O major, servil, indiferente: "É impossível, vigiamos todas as saídas". Bittencourt acenou para a mulher: "Você ouviu. Meus homens irão com você. Você sabe o caminho. Traga-o aqui".

A mulher se pôs de pé num salto. Seus companheiros, como se recebessem uma ordem — lentos, se arrastando —, levantaram-se. O pacote de andrajos, ossos e cabelos — "a mulher" — curvou-se e sussurrou junto ao rosto do marechal:

"O que você dá em troca?..."

Sem querer, numa atitude defensiva, Bittencourt jogou o corpo para trás. Depois, vagarosamente, ergueu-se. Estávamos todos alertas. Os praças, com as baionetas, puseram-se de prontidão à espera da ordem de levar os prisioneiros ao pelotão de fuzilamento. Porém, antes que o marechal pudesse responder, o mestiço inesperadamente falou. Ria, e de boca cheia, sim, bem--humorado, disse:

"O bom Conselheiro não vai ser enjaulado."

O negro fez que sim satisfeito, confirmando que era tudo verdade. O marechal — sem rancor, quase alegre, porque enfim se estabelecia um diálogo entre ele e os presos — perguntou calmo:

"Você acha?"
O mestiço riu:
"O sino de prata vai tocar. Esta noite o Conselheiro vai partir."
A menção do sino lendário teve um efeito visível sobre os oficiais e os soldados: tratava-se da nascente sonora que toda noite repicava na torre da igreja nova quando o Conselheiro pregava para a gente de Canudos. Corria o rumor de que embora o santuário tivesse sido atingido por um disparo, a base do sino continuava de pé. O marechal, ainda com paciência:
"Para onde irá o Conselheiro?"
O mestiço gritou triunfante:
"Para a Bahia. As pessoas vão rir e gritar..."
O marechal, encorajador, afável:
"E o que vão gritar?"
O mestiço, de braços abertos:
"Morram, seus governistas covardes. É isso que vão gritar."
O negro, como um animal selvagem, rosnou concordando. Os soldados protestavam. Entretanto, fuzilando com o olhar, o marechal impôs silêncio. Bittencourt era o único na latada a não se indignar com a ofensa. O funcionário, o militar experiente e o político fitava o vazio como se não achasse impossível que na confusão desagregadora dos últimos dias de Canudos os soldados tivessem buscado um álibi. Assim, o marechal media os prisioneiros desconfiado, como se pressentisse o vendaval do escândalo. Nas cidades brasileiras, ao anúncio da vitória, iluminaram-se as praças públicas. O povo dançava nas ruas. A notícia inesperada de que o líder da rebelião, de fama amedrontadora, mágica, teria fugido, causaria um desastre político de grande repercussão. O mito tinha de ser sufocado, o Conselheiro — se era verdade o que os presos diziam — tinha de desaparecer da face da Terra. O marechal não podia mais confiar em ninguém — nem mesmo em nós, oficiais e praças, testemunhas vivas de quando

irônicos, desrespeitosos, os prisioneiros asseguraram que o Conselheiro, esse unicórnio místico do sertão brasileiro, estava vivo. E que diriam os demais — os superiores que o aguardavam impacientes na barraca do comando para erguer o brinde e dar a autorização de levantar acampamento — se corresse a notícia de que o profeta bárbaro não havia sido aniquilado e talvez no dia seguinte recomeçasse a feitiçaria e a insurreição selvagem?...
O marechal — como se refletisse sobre isso tudo — tomou uma decisão. Disse seco:

"Traga-o. Vou esperar por duas horas."

Seguiu-se longo silêncio. A mulher, com a cabeça inclinada, observava o marechal. Em vez de responder, ela perguntou novamente:

"O que você dá em troca?..."

Bittencourt encolheu os ombros:

"Podem ir." Apontou para o negro e o mestiço com um gesto de desprezo. "Os três."

"E?..."

"Quer dinheiro?..."

A mulher, com desdém:

"E?..."

O silêncio era absoluto. Acompanhávamos atentos, o corpo curvado para a frente. Aquele despropósito — o marechal do Brasil regateando com uma prisioneira! — fez da cena final de Canudos algo espectral. Via-se no marechal que o homem disciplinado começava a perder a condição de superioridade. Parecia o caçador que no último instante grita sobressaltado porque teme que a grande fera que num jogo de vida ou morte persegue na selva possa se esquivar da mira do fuzil... Num tom surdo mas cruento como os próprios comandados nunca tinham visto, rosnou para a mulher:

"O que você quer?..."

Ela abriu bem os olhos. Os olhos diferentes, azul e castanho, refletiram a luz da vela como o sílex em contato com o aço. Rouca, articulada, disse:

"Quero tomar um banho."

*

Nisso a latada foi inundada de risos guturais. Ríamos desbragadamente — os oficiais, as ordenanças, os praças e eu, o escrivão amador. No sertão, na vizinhança do covil de barro de Canudos, nas últimas horas da carnificina, um ser — que se dizia do sexo feminino — exigia do marechal do Brasil água de banho porque desejava se lavar. Todos riam, as bocas escancaradas, imbecilizados... Somente o marechal continuava sério. Ante o pedido insano o homem de cultura citadina, experiente, compreendeu o que nós outros — militares, reduzidos à condição animal como os prisioneiros — não atinamos: compreendeu que se iniciava o último ato do drama do submundo selvagem — do assédio a Canudos. O instante em que se ouvia, inesperada, uma resposta aos clamores da loucura. E quando talvez se pudesse julgar Canudos.

Porém não respondeu de pronto.

Por isso a mulher berrou. Nem foi berro, mas uivo: a criatura uivava num desespero terminal. Gritava (e a voz já não era feminina, sim, mal era humana):

"Quero tomar um banho!..."

A voz ululante, lamuriosa era assustadora como na seca os ganidos dos animais alucinados de sede na caatinga. O marechal, a bengala na mão, deu um passo na direção da mulher. Curvou-se sobre ela atencioso como quando um cientista — médico ou fisiologista — examina alguém cujas forças visivelmente se esvaem. Pausado, em tom autoritário — do comandante que com palavras serenas põe ordem na confusão —, disse seco:

"Sampaio."

"Sim, senhor."

"Vá até a barraca."

"Sim, senhor."

"Leve dois homens consigo."

"Dois homens."

"Tragam a banheira de borracha. Dois odres de água. Sabão, pente, toalha."

"A banheira de borracha. Dois odres."

"Diga aos oficiais que esperem. Mais ordens às nove."

Todos silenciaram. Somente o negro arfava satisfeito, como se roncasse e sonhasse um sonho bonito. Bittencourt brandiu a bengala:

"Partir. Passo acelerado."

O major fez sinal para os dois soldados, que saíram apressadamente. Bittencourt foi até a mesa, sentou-se na cadeira. Limpou os óculos e calmo — como se estivesse a sós numa repartição — começou a ler os relatórios que prestavam contas da subdivisão das tropas e dos preparativos para a desmontagem do acampamento. Às vezes fazia anotações a lápis nas margens dos documentos. Ninguém se mexia. Estavam todos mudos. E, nesse tempo, o marechal não olhou para a mulher sequer uma vez — nem para os outros cativos ou para nós, soldados.

Passaram uns longos dez minutos. Sampaio reapareceu. Quatro praças o seguiam: dois carregavam os odres de água, outro a banheira de borracha, e o quarto a toalha grossa, felpuda, o sabão e o pente — traziam da bagagem do marechal todo o necessário para que uma mulher, que no instante derradeiro emergira de Canudos, tomasse um banho.

A cena que se materializou em seguida evocou rituais que

remetiam ao Velho Mundo, à Europa, às liturgias da corte no tempo dos reis — ou por estes lados, no Ocidente, aos jardins dos reis-sacerdotes maias ou astecas.

A chegada dos odres de água deixou todos na latada excitados: os homens engoliam em seco sequiosos. Havia meses nenhum de nós provava água pura — naturalmente, todos tinham esquecido da limpeza, num banho não pensávamos nem em sonho. Entretanto o marechal, esse personagem da cidade grande, se fez acompanhar ao sertão — ao limiar de Canudos — de água, água de banho em odres de couro de boi de várias centenas de litros... de certo modo isso também se afigurava impossível como as fantasias delirantes.

Os ordenanças depuseram a banheira no centro da latada, prenderam uma saboneteira na borda da geringonça elegante e depositaram uma toalha grossa, felpuda nas mãos da banhista. A seguir — a dois — ergueram bem alto os odres e derramaram a água na banheira.

Ficamos na ponta dos pés — também os oficiais — para presenciar na realidade aquele milagre bíblico. Dos odres jorrava água que brilhava límpida... água, água de verdade, de beber, de se banhar — para a existência do homem, para uma existência humana mais digna, a água, força primeva, era essencial! Contemplávamos o milagre e engolíamos sôfregos. Não se podia imaginar desperdício mais cínico, dilapidação mais luxuosa que aquela água de banho ali, entre as valas fétidas de urina de mulas e dejetos humanos de Canudos, entre as barracas infestadas de piolhos, esburacadas de balas — água de beber e de banho como alguns dentre nós tinham visto, bebido, cheirado um dia...

Os odres se esvaziaram, a banheira se encheu de água limpa. Admirávamos de olhos arregalados a banheira e a água, como miragens de fábula no sonho do que tem sede. E fitávamos a mulher, que ereta, o rosto inexpressivo, larval, continuava sentada entre os companheiros — fixando a banheira cheia com olhos vidrados.

O marechal se pôs de pé. Olhava compenetrado a banheira, a toalha, a saboneteira — com a preocupação do anfitrião que procura se certificar de que está tudo em ordem para o hóspede. Em voz baixa — sem ironia, gentil como um grão-senhor dirigindo-se a uma dama — disse:

"Minha senhora, o banho está pronto."

*

Não víamos a mulher que se banhava — todavia, à medida que a água se agitava, velávamos ansiosos. Uma aparição que momentos antes mal fazia parte da humanidade — era mais refugo, matéria crua — entregava-se descontraída, vagarosa e metódica a um ritual de limpeza. Ecoavam ruídos ligeiros, marulhos e respingos. Percebemos quando — invisível, porém palpável — ela tirou os trapos coloridos de peregrina e entrou nua na banheira. Ressoava o murmúrio da água. A mulher gemeu: e o gemido era a um tempo suspiro lascivo e grito contido, como se faz ouvir o corpo no instante do orgasmo. O gemido surdo era tão sensual — sim, sem recato — que muitos, soldados e oficiais, começaram a tossicar emocionados, em devaneio. Uma mulher se banhava, e o gemido, sua sonoridade, lembrava o grito de alguém prestes a perder a razão. Não era preciso muita imaginação, todos na latada compreendiam que a nudez da mulher ao se "banhar" não era apenas a de um corpo despido: era a "nudez" de quem de repente tirava não só um traje, mas tudo o que dela fazia parte, seu papel e também seu destino. Naquela hora eu não pensava nisso... mas passaram muitos anos, e hoje sei que aquele momento foi assim.

A meia-volta casta, essa regra espontânea de boas maneiras

nós cumprimos à risca numa obediência cega. Ninguém se virou para olhar a mulher no banho — ainda assim, a cena inspirava concupiscência, e era como se nós, testemunhas auriculares, vigiássemos o banho de uma mulher numa espreita erótica. Ela permanecia calada, mas na grande quietude, na penumbra e no calor abafado, nauseante, falava em seu lugar o diálogo sonoro com a água. Ouvimos quando mergulhou as palmas das mãos e fez a água escorrer sobre o rosto e o peito, depois ensaboou o corpo, aqueles ossos. Pressentimos quando apoiou uma das pernas na borda da banheira... e nesses movimentos invisíveis e palpáveis havia um quê de libidinoso, sim, despudorado. O marechal usava sabonete de homem, sabonete de almíscar — e o perfume também agia sobre os sentidos dos presentes. No silêncio angustiante, inquietador, boquiaberto, todo ruído reverberava nos que seguiam o ritual num mutismo sobressaltado. Esses rumorejos criavam, qual feitiço, uma visão que detinha uma sensualidade carnal — sentíamo-nos como voyeurs que por um buraco de fechadura espiavam uma exibição luxuriosa, obscena, desavergonhada. No entanto os sons evocavam também cenas semelhantes aos quadros de banhistas nas pinturas dos mestres barrocos, em que os corpos femininos mostravam as formas desinibidos, sem modéstia, alheios. Não "víamos", mas "ouvíamos" aquele corpo... e o corpo que se banhava naqueles momentos em que as impressões se compunham de vibrações e murmurinhos, feito miserável pela fome, sede e sofrimentos de Canudos, era particularmente sensual.

Era uma "sensualidade" diferente da que o corpo feminino configura na fantasia erótica. Porque enquanto escutávamos os movimentos da mulher que se lavava, vinham à mente as imagens que entre os corpos ruídos, destroçados naquela caverna subterrânea, orgiástica, estavam perdidas, memórias que pertenciam a um outro mundo... Cada vez mais havia gente tossindo, ofegante. Ninguém se virava, cumpríamos — sem ordens — a regra apropriada de etiqueta. Era visível como os soldados e os oficiais, ao mesmo tempo que engoliam em seco e pigarreavam enlevados, estavam atados àquele jogo sonoro singular. Como o sedento que de súbito ouve a boa notícia inesperada, o barulho da fonte: assim respondiam os homens aos ruídos excitantes. Havia uma mulher por perto, ao alcance da mão, "mulher de verdade", que tinha um corpo... corpo de que cuidava, que lavava com sabão, corpo de mulher cuja recordação ressurgia entre as memórias sangrentas, nebulosas, do drama de Canudos. Naqueles instantes o ser — que na realidade era mais esqueleto, pele seca e contorno raquítico, massa informe — despertou nos ouvintes o deslumbramento com o corpo feminino. Revivíamos como se na verdade tivéssemos esquecido como era uma "mulher"... — diferente das criaturas do sexo feminino cambaleantes, nem tão sujas quanto fuliginosas qual animais selvagens, que nas últimas semanas emergiam do esgoto de Canudos e aos trancos, enfileiradas, passavam diante dos soldados num tal estado que nem os combatentes sequiosos de sexo tinham vontade de se aproximar dessas prisioneiras a não ser com os facões curvos. Em Canudos, havia meses o "ato" não era mais que uma — ora misericordiosa e rápida, outras vezes perversamente rebuscada, tortuosa — série de execuções. Os devaneios sensuais ou sentimentais que a lembrança da "mulher" desperta num homem — a fantasia em torno da amante ou da mãe — viviam em nós apenas como na mente do louco as palavras explosivas pelas quais a razão não mais responde.

 E de repente esse fenômeno esquecido renascia na consciência dos presentes. Uma mulher se banhava... e nos lembrávamos de que na vida havia outras coisas além da crueldade e da selvageria desvairadas. Havia na vida alguma coisa mansa e macia como a água, o pão recém-assado, como... sim, como um corpo macio e vivo de mulher.

Era nisso que eu pensava enquanto ela se banhava. Creio que havia outros que pensavam assim, porque suspiravam e engasgavam. Depois o barulho de água se dissipou, percebia-se o movimento de roupas. A seguir, durante longos minutos, não se ouviu nada: a mulher se enxugava e penteava os cabelos. Em voz baixa, suave, disse:

"*Thank you, gentlemen.*"

*

A voz era completamente "diferente" daquela da criatura que pouco antes — com o sotaque dos sertanejos — estertorava no anseio por um banho. Como se a voz também tivesse se banhado... A transformação era espectral: nenhum de nós conseguia entender como a voz que falava inglês podia ser a de quem chegara arrastada entre os companheiros. Ficou logo evidente que apenas dois no recinto compreendiam a língua: o marechal e eu, a cria do pai irlandês. Penso que de início a maioria nem desconfiava da identidade do idioma em que a estranha se expressava...

Por isso, não só nos espantamos de ouvi-la como muitos, num horror supersticioso, fizeram o sinal da cruz. No primeiro momento as pessoas se comportaram como se houvesse ocorrido um atentado: a explosão de um petardo ou, na escuridão, da direção de Canudos, um tiro de artilharia tivesse atingido a latada. Muitos praguejavam em pânico. Houve quem engatilhasse a arma. Todos se voltaram a um tempo na direção da voz e estupefatos, sim, os olhos arregalados de medo, encararam o fantasma. Aquela surpresa aterrorizante, mágica, sobreveio tão inesperada, sem aviso, que não só os soldados como também os oficiais reagiram. Lauriano da Costa cuspiu assustado a ponta do charuto que mascava. Sampaio olhava à sua volta com olhos inexpressivos, vazios, como se procurasse sinais de bruxaria: parecia acreditar que demônios noturnos da mata tinham feito a prisioneira que se banhara desaparecer para em seu lugar surgir uma desconhecida: uma mulher que falava inglês.

Porque a mulher diante de nós evocava o ser de pele e osso que pouco antes entrara na banheira, como se transformam no sonho as personagens conhecidas. Usava o mesmo camisolão — os trapos de penitente pintados de símbolos azuis e amarelos —, mas, como se tivesse trocado de roupa, de algum modo essa fantasia também parecia um traje diferente dos andrajos sujos de antes. Como se no curto período em que numa polidez canhestra, severa, demos as costas à banhista, mãos de bruxa, enfeitiçadas, tivessem lavado, passado, os véus imundos. A veste chegava ao tornozelo, do corpo da mulher a abertura só permitia entrever um pouco de pele em torno do pescoço. Mesmo hoje não compreendo como ela o fez, mas a túnica parecia inteiramente outra. Nos pés desnudos usava a mesma alpercata com que chegara à latada. Porém era como se durante o banho mãos invisíveis houvessem lustrado o calçado de sola grossa. Tudo nela e a seu redor estava limpo — como se tivesse sido trocado.

A pessoa que havia tomado banho e parecia ter vestido outra roupa quedava-se em paz diante de nós. Seu rosto passava a serenidade e o alívio de quem chegara ao fim de alguma coisa. De quem tivera um grande desejo e o realizara: vivenciara Canudos. E depois tomara um banho.

O rosto estava sério, mas os olhos sorriam.

*

Essa foi a hora da metamorfose, em que não só a mulher se transformou, mas também nós, que a vivemos naquele cenário. Parece que uma mulher é uma força poderosa... Não só "daquele jeito"... também de outro. Não só quando é bonita, jovem... Se é mulher de verdade — ainda que velha, enrugada —, é uma força poderosa até o último minuto. O ser que emergiu de Canudos e da banheira do marechal era uma mulher "de verdade". Como muitos de nós jamais tínhamos visto. Hoje, com a idade, confesso que nunca mais encontrei mulher igual — de certo modo só encontrei representantes do sexo feminino mansas e prestativas ou inúteis e apaixonadas, e as imitações que por meio do corpo, dos cabelos e das roupas, da maquiagem e das atitudes induziam os homens a acreditar que eram mulheres de verdade. O ser à nossa frente sorria com os olhos, mas não como as mulheres que seduzem os homens com um sorriso. Não chamava ninguém, não prometia nada... ainda assim, sua presença despertava inquietação em todos.

Também no marechal. Eu gostaria de ser fiel. O marechal Bittencourt era um homem indiscutivelmente culto: militar de alta patente e cidadão escolado. Mas imagino que na sua vida social diversificada de cidade grande mesmo ele não havia se deparado com essa "outra" mulher, como a que estava diante dele. Conhecera damas, mocinhas... Entretanto aquela mulher era diferente. Portanto o marechal também se transformou naquela hora — e como era de súbito obrigado a superar o que vinha sendo até aquela altura, endireitou-se. Compreendeu que o chamado, a que não poderia responder apenas com o desempenho oficial e a postura pública, acontecera. Era imperioso reagir numa hora que demandava ação com todas as forças e todas as consequências. O marechal compreendeu que aquele era um momento assim: a prova em que um homem tinha a oportunidade de mudar — por um instante poderia ser mais do que fora até então por trás do papel e da fantasia.

Era como a via. Todos a víamos dessa maneira. A maior parte dos sobreviventes, a nós enviados do covil de Canudos pelos combatentes que morriam de fome e sede, eram biologicamente do sexo feminino. Havia também crianças e anciãos... Mas a maioria eram mulheres: seres repugnantes, bruxas da mata, megeras de cabeleiras brancas, emaranhadas, que como animais selvagens olhavam em redor e apertavam contra o peito murcho os lactentes, vermes humanos prematuros que lembravam embriões. Ressequidas como as raízes das árvores na seca. Entre elas havia algumas — mestiças, mulatas ou resultados de cruzamento de índio com português — que mesmo na matilha dos perseguidos que abandonavam Canudos caminhavam de queixo erguido, postura ereta, como a retaguarda de uma tropa rebelde derrotada que não implorava clemência nem se entregava, apenas desfilava diante dos soldados — passavam caladas de uma luta fracassada, sem sentido, a uma morte sem porquê. Meia hora antes aquela mulher também chegara assim.

Porém tinha tomado um banho e começava a se pentear. A um sinal de Sampaio os ordenanças retiraram prontamente a banheira e os odres vazios. Num gesto displicente a mulher estendeu o pente a um dos soldados — o pente do marechal com que ajeitara a cabeleira; o gesto de uma senhora que entregava um objeto supérfluo a uma empregada. E nisso nem olhava para quem a servia. E os ordenanças, afobados e alarmados como se cumprissem ordens, se apressavam em fazer a água, os utensílios e os apetrechos do banho desaparecer — como empregados empenhados em cumprir as determinações de uma senhora. O perfume do sabonete de almíscar do marechal espalhou uma carnalidade obscena, íntima, na latada. Depois do banho e do penteado a mulher parecia ter crescido — quando os prisioneiros chegaram com a corda no pescoço, os passos curvados criavam à primeira vista a impressão de que tinham os três a mesma altura. Contudo a mulher havia se endireitado: via-se que era mais alta que os companheiros.

O negro e o mestiço também se viraram — sem pressa, a corda no pescoço, viraram-se devagar na direção da mulher e agachados encararam-na de baixo para cima. Eles também mediam sérios, embora não como os demais, espantados — olhavam-na como se não vissem nada de especial, pois vinham de Canudos, onde tudo era possível —, a repentina transformação. Não os surpreendia que a prisioneira, nos minutos anteriores, destacara-se deles de modo tão extraordinário — não tinha saído somente da banheira e da fila, e sim do destino, de Canudos. Todavia continuavam indiferentes, como se tudo fosse natural e esperado. Era como a viam.

A mulher não se importava com eles nem conosco — nós, os hipnotizados. Levando as duas mãos para trás num gesto feminino, ajeitou a cabeleira penteada, lisa, sobre a nuca. Na fronte e nas têmporas arrumava os cachos com gestos descontraídos, calmos, como se fosse uma dama que, solitária no banheiro, se embelezava, se cuidava. Assim, tendo retirado a sujeira — não só o disfarce de corpo em que ali chegara, mas Canudos —, ela parecia uma senhora do mundo que não se incomodava com olhares masculinos pois na presença dos serviçais seria capaz até de ficar nua.

As formas também não eram as mesmas de antes — na banheira havia entrado um esqueleto. Ali se via uma mulher que usava a camisola azul e amarela de penitente como uma manta leve, avental para se pentear — e o corpo que trajava essa manta não era mais esquálido. Era corpo de mulher, não de uma secura doentia, mas um corpo feminino bem-proporcionado, de esportista — de uma mulher que jogava tênis ou cavalgava, cuidava da silhueta, talvez fizesse dieta também em Canudos... O rosto sem rugas era sereno e delicado como se viesse massageado do salão de beleza. Antes era crioulo, porém quando a imundície de Canudos — que recobria o rosto dos chegados da cidade de lama como a máscara num baile fantasmagórico à fantasia — já não escondia suas linhas, encarava-nos uma mulher de meia-idade, nem jovem, nem velha, ao redor dos quarenta. Tratava-se de um rosto ovalado, de traços bem diferentes daqueles dos crioulos brasileiros — como a efígie das mulheres francesas retratadas antes da Revolução; nas feições havia algo de antigo, sim, aristocrático. Não era "belo": tinha o queixo um pouco proeminente (lembro que esse detalhe perturbou a impressão de harmonia, de sensualidade) e sobrancelhas castanhas bem arqueadas. Os lábios eram cheios — não inchados, carnudos como o das mulatas, e sim macios, maduramente femininos, sedutores. Quando sorria, entre os lábios delicados viam-se os dentes brancos, perfeitos. O cabelo negro — que num arranjo cuidadoso ela repartira ao meio — era ondulado e leve como se penteado por um cabeleireiro. Entrelaçou as mãos sobre o peito como quem se defendia ou sentia frio — mãos brancas com dedos longos.

E os olhos emitiam uma luz clara, inteligente — como se na escuridão brilhassem dois pequenos fachos de cores diferentes. O marechal ficou de pé e, apoiado sobre a bengala, a passos lentos, foi postar-se diante da mulher. Examinou-a de perto, detidamente — sim, como um conhecedor, como um jagunço que avaliava um reprodutor raro na feira, ou o senhor de escravos uma mercadoria humana. Observou as mãos, a cabeleira e — muito atento, pestanejando — os olhos. Mas não disse uma palavra. Depois do exame voltou à comprida mesa, sentou-se e com uma das mãos apontou uma cadeira — a cadeira que o dignitário da cidade, o banqueiro, havia ocupado. Em voz baixa disse:

"*Please, sit down.*"

Aquiescendo, sem pressa a mulher se aproximou. Sentou-se, ajeitou as dobras da camisola sobre os joelhos, cruzou as pernas. Bittencourt sacou um estojo de pele de crocodilo do bolso interno do paletó e o estendeu, cheio de charutos finamente embrulhados, à mulher.

Ela sorriu:

"*Sorry, Excellency, I don't smoke.*"

Bittencourt deu de ombros. Com uma mordida cuidadosa cortou a ponta de um grosso havana e a cuspiu. Apressei-me em lhe oferecer a chama da vela. O marechal inalou e soltou com elegância a fumaça perfumada como é hábito dos fumantes inveterados ao degustar a primeira tragada. Ao mesmo tempo, com uma das mãos, afastou a nuvem de tabaco do rosto da mulher para evitar que seus olhos se irritassem.

Ela sorriu olhando para a frente — como quem se comprazia com a situação.

"*Now tell me*", disse baixo o marechal.

A mulher, solícita:

"*What do you want to know?*"

"*Your name.*"

Ao pedido — embora o marechal falasse baixo, era como se desse ordens — a mulher se endireitou na cadeira. Seu rosto se converteu numa careta. Por um instante, os olhos e o contorno da boca crisparam-se de ódio e desespero. Como se ela emergisse subitamente de um estado que talvez fosse loucura e obsessão mas era ao mesmo tempo realidade, a sua realidade. Por ela pagara o mais alto preço. Por ela entregara tudo, tudo o que tinha — e conservara apenas o próprio nome — dela, somente dela. E esse último resto de realidade, o nome, não entregaria a ninguém. Se a destroçassem, se a fizessem em pedaços, não entregaria seu nome.

Disse apenas:

"*Never.*"

Todos na latada compreendemos que a mulher enunciara algo imutável, indiscutível e definitivo. O marechal também compreendeu. Fumava o charuto. Não reagiu, não se moveu — observava a mulher com atenção como se de repente se desse conta de que nas pessoas havia uma força diferente da força física ou da força da violência. De passagem, generoso, como quem não tinha outra saída, disse:

"*Well... keep it.*"

Essa frase curta lembrava alguém atirando um pedaço de comida a um faminto. A mulher agarrou a palavra e — num gesto de defesa e alívio — pousou as mãos no peito. Respirou fundo. Em voz baixa, agradecida disse:

"*Thank you.*"

Silenciaram. Não se olhavam. Como se ambos se envergonhassem de terem sido fracos.

*

A seguir aconteceu o diálogo que ninguém mais na latada entendeu a não ser os protagonistas — o marechal, a prisioneira — e eu. Eu continuava na extremidade da mesa com o caderno de anotações e os instrumentos de escrita debaixo do braço. Conversaram tranquilos, porque nenhum deles podia imaginar que por perto houvesse uma boa alma que compreendesse a língua. Não baixaram a voz, falaram em tom coloquial.

A pronúncia da mulher era mais para britânica — a dos ianques, os gringos que da outra margem do Rio Grande vinham até nós, era diferente. Embora fosse fluente, o marechal usava a língua aprendida na escola, que havia muito não tinha ocasião de praticar. Porém ambos contavam um vocabulário rico, falavam sem dificuldade.

Eis o diálogo:

*

"Conte."

"O quê?"

"A verdade. Quantos eram?..."

"Em Canudos?... Muitos."

"Não foi isso que perguntei. Quantos de vocês havia?"

"De nós quem?"

"Dos que organizavam a rebelião. Conspiradores."

"Não havia conspiração."

"Não negue. Sabemos de tudo. Os jornais noticiaram."

"Sim, eu li. Quero dizer... Li há muito tempo."

"Há muito tempo? Quando? Onde?"

"Há muito... Quando ainda não vivia em Canudos. Lá... não havia jornal."

"Não, lá faziam o que os jornais escreviam. Roubavam e matavam."

"Faziam outras coisas também. Mas sobre isso... creio... os jornais não escreviam."

"Que outras coisas?"

"Esperavam."

"O quê?"

"Esperavam que o Conselheiro desse o sinal."

"É o que se dizia. Desse o sinal de quê?... De que tinha chegado o fim do mundo? O Armageddon?..."

"Bem... o fim. E depois se salvariam."

"Os ladrões e os assassinos?"

"Os crentes. Todos."

"A senhora também esperava por isso?"

"Eu não sou crente."

"Então o que fazia lá?"

"Procurava alguém."

"O Conselheiro?"

"Não. Meu marido."

"Foi a Canudos para procurar seu marido?..."
"Eu não buscava mais nada em Canudos."
"Seu marido era do bando?..."
"Não sei o que é isso de que fala, bando... Meu marido... Se é isso que deseja saber... Não lutava."
"Ah, não? Só incitava a rebelião?"
"Não. Curava."
"Era médico? Que tipo de médico? De aldeia?"
"Não. Médico diplomado."
"Seu marido foi a Canudos para ajudar os bandidos?"
"Não. Meu marido foi a Canudos porque lá queria ver alguma coisa que antes... no consultório, na clínica... não tinha visto."
"Queria estudar doenças tropicais?"
"Não. Queria ver de perto algo que é como a doença mas... não existe nos livros."
"Era neurologista? Queria ver as doenças mentais?"
"Em Canudos não havia doença mental."
"Não, lá havia banditismo. Seu marido queria estudar a histeria coletiva?"
"Penso que meu marido... quando foi a Canudos... queria ver o que acontecia quando as pessoas abandonavam... é difícil dizer... bem, abandonavam os acordos."
"Que acordos?"
"Todos os que entre os homens... são acordos."
"O país? A sociedade?"
"E a religião. Tudo."
"Canudos era um rebanho de fanáticos religiosos. Por que a senhora diz que abandonavam a religião?"
"A religião era apenas como o papel de parede ou o cenário. Por trás dela havia outra coisa, e não o que os senhores chamam de..."
"Os senhores quem?"

"Os senhores que não viviam em Canudos."
"E a senhora?..."
"Agora que já estive lá... Creio que a religião é diferente do que os senhores pensam."
"Quando chegou a Canudos?"
"Que dia é hoje?"
"Cinco de outubro."
"Então... Espere, deixe-me fazer as contas... No início de julho... Sim, cheguei a Canudos há três meses."
"Três meses foram tempo bastante para que a senhora, uma dama... passasse a fazer parte de Canudos?"
"Em Canudos não havia tempo."

*

"A senhora é... aristocrata?"
"O que é isso?"
"Não faça rodeios. Aristocrata é alguém que deseja o poder. E não quer pagar."
"Então não sou aristocrata, porque não quero mandar. E... paguei."
"Com o quê? Como?"
"Estive em Canudos. Portanto paguei."
"Em Canudos ouviu falar dos malandrinos de Nápoles? Dos desesperados espanhóis? Ou no mundo dos gringos, dos habitantes fronteiriços, dos ladrões dos rios?"
"Nunca ouvi falar nisso."
"A senhora é culta. Com certeza ouviu que os poderosos, ao se verem em maus lençóis... Temem pelos privilégios e pela segurança... Juntam-se a bandidos, ao submundo, às hordas... Canudos não é novidade. Na Europa já houve muitas Canudos, grandes e pequenas. E aqui, no Ocidente. A senhora certamente

sabia por que os grandes senhores, os grandes patifes, se aliavam aos bandoleiros... Queriam defender-se contra a ordem com a desordem... Admita."

"No Brasil não existe aristocrata."

"Então?..."

"Aqui só há oligarcas."

"Qual é a diferença?"

"Os oligarcas são pessoas que querem conservar o butim."

"O aristocrata?..."

"Não quer conservar nada. Basta-lhe ser quem é... Sem butim. Vejo que não entende."

"Talvez. A senhora... é brasileira?"

"Não sou brasileira."

"Europeia? Inglesa?..."

"Não respondo."

"Gringa?..."

"Não sou americana."

"A senhora diz que o bando de Canudos não foi organizado pelos nossos aristocratas temerosos... Ou nossos oligarcas, é indiferente..."

"Não é indiferente."

"Se quiser, os plutocratas... Portanto não os que se apavoraram quando o povo baniu o imperador... E com isso viria uma nova ordem, pessoas novas, não haveria privilégios... Queriam a desordem como pretexto para atacar a nação democrática. A senhora conhecia o imperador?"

"D. Pedro? Nunca o vi. Em Canudos se dizia... Que era um homem bom. Gostava do povo."

"Nós, republicanos e democratas, também somos bons. Estamos construindo uma nação para o povo."

"O país é bom para o povo?"

"Nada é perfeito, mas... Não há melhor."

"Se não há nada melhor, então é tarde."
"O que é tarde? O país?"
"Sim, já não pode ajudar."
"Ouviu isso do Conselheiro?"
"Sim. O Conselheiro disse que o país não podia mais ajudar as pessoas."
"Somente ele?..."
"Somente Deus."
"A senhora também pegou?"
"Não entendo."
"A doença?... Não acredito que a senhora seja louca."
"Obrigada."
"Não é louca, mas... Por que olha assim?"
"Porque tenho pena do senhor."
"A senhora?... De mim?... Por quê?"
"Tenho pena porque ainda não sabe..."
"Diga, diga. O que eu não sei?"
"Não sabe que um dia todos terão de ir a Canudos."

*

"Que a senhora esteve lá é certeza. Por onde veio?"
"Não me lembro mais."
"Aproxime-se. Neste mapa... vê?... Os caminhos são bem visíveis. Esse era o dos peregrinos... Está prestando atenção? Aqui onde estou apontando há um atalho. Tucano, lembra?"
"Todos os lugares eram iguais. E todos os atalhos. Às vezes um cacto sobre a rocha... Não me lembro dos nomes."
"Itapicuru? Natuba?..."
"Agora que está dizendo... Talvez. É possível."
"Veio numa caravana? Tinham um guia?..."
"Viemos muitos ao mesmo tempo. Talvez cem... Não sei."

"Traziam armas?..."

"Armas?... Creio que sim. E remédios. Alcançamos o vale de noite... Lembro que chegamos a um rio de madrugada..."

"O Vaza-Barris?... Chegue mais perto."

"Era madrugada. Então vimos Canudos. Mais tarde não vi mais... Depois de entrar não a víamos mais."

"Lembra como era quando a viu pela primeira vez?"

"Estava tudo cinzento. Não se podia distinguir a cidade das colinas... Tudo era cinza... Havia também um morro nas proximidades..."

"A Favela?"

"Fomos até a igreja."

"Foram acompanhados?"

"Havia líderes... Todos ajoelharam em torno da igreja. E deram graças por ter escapado."

"Da hecatombe?"

"Do mundo. Davam graças por ter chegado à Canaã sagrada. Sei, é difícil entender..."

"A senhora também deu graças?"

"Não, eu... Não vim por isso. Eu ainda não compreendia... Um morador falou conosco. Era um velho..."

"Macambira? O de 'coração mole'?... Pense."

"O senhor sabe de tudo. Por que pergunta?... Sim, Macambira. Ele recebia os que chegavam. Pedia que até a noite cada um construísse uma casa. Mostrava onde havia barro... E lugar para construir... Depois nos davam uma roupa... Sim, esta que estou usando, o saco bendito... O velho dizia que Canudos era a antessala do Paraíso. Os que queriam se salvar iam para lá porque a República tinha contaminado todos os outros lugares. Disso eu lembro... Foi quando ouvi isso pela primeira vez. Mais tarde o Conselheiro também o disse... Entregamos ao velho o que trazíamos..."

"O dinheiro também?"

"Sim, todo o dinheiro. Em Canudos não se precisava de dinheiro."

"Os que recebiam o dinheiro... o que faziam com ele?"

"Compravam armas nos arredores. Mantimentos para as crianças e os velhos."

"Os devotos... Aqui está a lista. Malfeitores e bandidos conhecidos de todos. O dinheiro... quem o roubava?"

"Roubar, em Canudos?... Não era preciso roubar. Tudo era de todos."

"Se não era preciso roubar, para que servia a cadeia?"

"Só prendiam quem cometia o pecado capital."

"Matava?..."

"Não. Faltava à oração da noite... Esse era preso. E se faltava mais vezes... nesse caso não havia perdão."

"Seu marido. O que achava de Canudos?"

"Não sei."

"Não falava disso?..."

"Nem de outras coisas."

"Não compreendo."

"Cheguei tarde."

"Estava doente?..."

"Não estava doente."

"Suicidou-se?..."

"Em Canudos não havia suicidas. Se chegava a hora de alguém... Deitava-se no chão e morria."

"Caiu em combate?..."

"Não combateu. Sim, caiu. Perto da igreja velha, quando os senhores se aproximavam... Cinco dias antes de eu chegar. Já disse, cheguei tarde."

"A senhora o viu?"

"Quando cheguei... Já tinha sido queimado."

"Como sabe que o queimaram?... Quem foi testemunha?"

"Esses dois... Estiveram com ele o tempo todo. Ajudavam nos curativos. Mas havia muitos outros... Sabiam que o médico tinha morrido."

"Ele deixou alguma coisa? Roupas, uma carta?..."

"A maleta de médico. Nada mais."

"Onde encontrou a maleta?"

"Na casa. Onde... vivia."

"E a senhora? Ficou lá?..."

"Na casa? Sim."

"Se chegou tarde como diz... Não tinha mais nada a fazer em Canudos. Poderia ter voltado."

"Para quê? Para onde?"

"De volta. Tinha descoberto o que queria."

"De Canudos não se podia sair."

"Não pôde sair porque não deixaram?..."

"De modo algum. Todos eram livres. Saíam ou ficavam... Não, lá era diferente. Quem chegava e um dia se dava conta de que tinha sido aceito... Não queria mais sair porque estava em casa."

"Em casa em Canudos?..."

"Sim, e não havia mais para onde ir. Canudos ficava no fim..."

"De quê?"

"Do caminho. De todos os caminhos."

"Na... casa, ou no covil onde dormia... Havia cama?"

"Não havia cama."

"Mesa?..."

"Nem mesa."

"Dormiam e comiam no chão?... Como os animais?"

"Em Canudos todos viviam assim."

"Na Nova Jerusalém não havia necessidade de cama? Na Canaã sagrada não havia necessidade de mesa?..."

109

"Não, nada. Já disse, estava em casa."
"Conte, depressa. Não tenho tempo."

*

... começou numa tarde em que ele entrou no meu quarto. Por volta das seis horas, no final de janeiro. Nevava... Pois não? Sim, onde ele desapareceu... em janeiro era inverno. Nevasca forte, na janela cristais de neve... Eu estava diante do espelho, num casaco de pele, ajeitava o chapéu, o véu... A luva forrada, o regalo entre as mãos... Lembro que no quarto estava quente, havia pouco tinham instalado a estufa de cerâmica branca, o calor jorrava... A carruagem esperava na frente da casa. Os cavalos, o cocheiro na boleia, tudo estava nevado... Entrou silencioso. Só o notei quando parou atrás de mim, vi pelo espelho... Em outras ocasiões, durante os horários de consulta nunca vinha ao quarto, a sala de espera também naquele dia estava cheia de pacientes... Disse que não acontecera nada de especial, só queria me ver antes de eu sair... Sorria... Retribuí o sorriso pelo espelho, continuei a ajeitar o chapéu, o véu... Por sobre os ombros perguntei se podia usar a carruagem... Disse que sim — é claro, hoje não vou visitar doentes. Naquele dia eu tinha uma tarde de música com minha amiga, aprontava-me... Só trocamos algumas palavras, de passagem, com intimidade, como casais se falam sobre as coisas do dia a dia... Mais tarde, quando relembrava, via tudo de novo. O quarto, a luminosidade nevada, os móveis... E também ele. Sentou-se, o charuto fumegava entre os dedos... De outras vezes, quando fumava, nunca entrava em meu quarto... Porém, ocasionalmente, entre dois doentes fugia do consultório... Como nesse dia. Disse brincando que havia fugido... Mas não se dirigiu à sala com o havana, veio me ver... Quando há pouco o senhor acendeu um, a fumaça trouxe tudo de volta...

Eu o vi de novo, como na realidade, naquela tarde... Um homem que não é mais jovem, mas ainda não é velho... Como o senhor. As suíças, os óculos de aro dourado, o sobretudo negro... Vestia--se de acordo com o que os doentes esperavam de um médico famoso. Sobre o colete passava a corrente de ouro do relógio... Na lapela via-se a haste do estetoscópio... Sentou, gracejou suspirando que havia doentes demais, havia muitas pessoas inúteis, sem preocupações, que adoeciam porque podiam se permitir esse luxo... Pilheriava... jogado sobre a mesa de bibelôs havia um livro que o livreiro enviara de tarde e eu não tivera tempo de abrir. Pegou o livro, examinou a capa amarela... A casa e o consultório já tinham luz a gás, naquele tempo instalaram a descoberta vienense, uma meia de asbesto, os lampiões a gás davam um brilho branco... Porém no meu quarto ainda havia uma lamparina a óleo sobre a mesa, tinha uma cúpula de vidro azul de Murano, via-se uma luz suave, clara, através do vidro azul, como no conto... Arrumou desajeitado o pavio da lamparina, aumentou a chama, assim decifrava o título do romance... *Lourdes*... O nome do autor era Zola, falava-se muito naquele livro... Folheou o romance e disse que seria interessante ver a comprovação dos diagnósticos feitos em Lourdes... Lembro que disse também que na ciência médica os milagres eram raros, eram quase sempre diagnósticos equivocados que depois chamavam de milagres... Conversávamos assim, guardei todas as palavras... Ficou de pé, afastou o charuto para que a fumaça não me incomodasse... Beijei seu rosto apressada, como se despede uma esposa do marido porque já é tarde, está nevando, o carro, a amiga, a tarde de música esperam... Lembro que... Mas talvez isso não tenha importância... Sim, lembro daquele cheiro conhecido... Seu rosto, a barba, a fumaça do charuto, uma loção que parece vinagre com que o barbeiro pulveriza o cabelo, a barba... Porque toda manhã o barbeiro o visitava, o penteava, aparava a barba...

Houve um tempo em que o barbeiro trazia a massagista que se ocupava de mim... Porque vivíamos desse modo afetado, complicado. Havia criado, arrumadeira, cozinheira, cocheiro... Seus pacientes eram celebridades, gente rica e renomada... Nós também éramos ricos. Até então eu nem sabia o quanto... Descobri duas horas depois, quando voltei da tarde de música. O criado me esperava na antessala, por ele soube que meu marido fora embora de repente... Não era incomum. Entrei no quarto e, enquanto a arrumadeira ajudava a tirar o casaco de pele, guardar as luvas, o alfinete do chapéu, perguntei se haviam pedido a meu marido que visse um doente. Disse que não sabia, porque ninguém tinha vindo chamá-lo... Acabara o consultório cedo, vestira o casaco e saíra... Era estranho, eu não entendia, pois nos despedimos como se ele fosse me esperar em casa... Mas era médico, nunca se podia prever o que faria, aonde iria... Eu disse à criada que esperassem para pôr a mesa, aguardaríamos meu marido, jantaríamos mais tarde... A menina saiu do quarto. Foi então que começou. O quê?... A mudança. Tudo mudou. O quarto era o mesmo de duas horas antes, quando meu marido saíra e fechara silenciosamente a porta... Afetuoso, sorrindo... O bom marido, o médico famoso, o homem calado, sério, gentil... Nossa filha se casara havia dois anos, vivia no exterior, em outra cidade... Quando ela deixou a casa, ficamos muito sós... Como se também tivéssemos deixado um ao outro, não muito, não havia frieza, mas... Como se alguma coisa que calávamos enquanto a menina vivia conosco se revelasse... Mas era apenas como um resfriado... Ambos pensávamos que passaria... Disso nem falávamos... A bela casa de repente estava muito vazia... Encomendamos móveis novos, tínhamos convidados com frequência, nós também saíamos... Tudo prosseguiu, em silêncio, sem discussões... Mas naquela hora, de noite, subitamente tudo era como quando em meio a uma vertigem por um instante vislumbramos alguma coisa... Contudo não pensei em nada, passaria, já sentira algo parecido... Fiquei de pé assim, por quanto tempo?... Não sei. Há momentos em que não se deve olhar para os ponteiros do relógio, não faz sentido... Depois me recompus, pois tinha de tirar os trajes formais, tinha de trocar de roupa... De tarde, na casa de minha amiga, um artista convidado que estava de passagem havia tocado Mozart ao piano... Voltaram-me os trinados, os gorjeios da *Flauta mágica*... Meu marido gostava muito de Mozart e da música do sul da Alemanha e da Itália... Ele também tocava violino, mal, não tinha ouvido musical... Formou um quarteto de cordas com três amigos... um cirurgião, um neurologista e um clínico geral, às vezes se reuniam e tocavam... Esses concertos domésticos eram divertidos, a execução dos médicos doía nos ouvidos, eram desafinados, meu marido também... Ríamos muito... De pé, no meio do quarto, pensava nisso e ainda ouvia Mozart... Olhei em redor e... como posso dizer?... fiquei gelada da cabeça aos pés... Porque o quarto estava vazio. A luz atravessava o vidro azul de Murano. Os móveis continuavam no lugar. Mas o quarto estava vazio porque alguém partira... não como das outras vezes, e sim... de um modo diferente. E súbito compreendi que meu marido tinha ido embora. Não tive medo, mas senti muito frio. Queria tocar a campainha, ela estava a meu alcance, um pequeno sino asteca de prata que ele me dera de Natal... Mais tarde ouvi esse som prateado em Canudos... Sim, o sino de prata de que falavam havia pouco... Não sei ao certo... Talvez ainda venha a tocar... Se o tocarem, o Conselheiro partiu... Não se pode ter certeza... De manhã ainda vivia... Em Canudos tudo é diferente... Contarei a seu tempo... Bem, o sino de prata. Apanhei-o, mas não o fiz soar, deixei-o sobre a mesa... Não tinha medo, embora já soubesse que o quarto estava completamente vazio. Porque alguém se fora, partira para sempre... Como a realidade que desaparece no sonho. Na mesinha de bibelôs a lamparina azul brilhava, todos os móveis estavam no lugar, as cortinas macias, de seda, chegavam até o chão diante das janelas... E a tapeçaria na parede, cores claras, quentes... Ele tinha mobiliado meu quarto, queria que tudo fosse belo e macio e colorido a meu redor... Mais tarde, em Canudos, no covil onde eu dormia, vinha-me às vezes o desenho da tapeçaria, os pássaros e as flores... E que ele era sempre atencioso. Íamos muito ao teatro, a concertos, a reuniões sociais... E depois... Entenda, no instante em que a criada saiu do quarto, eu sabia que ele havia partido para sempre... Depois, passada meia hora, quando não voltou... encontrei no consultório, sobre a mesa de trabalho, os documentos, o testamento, a chave do cofre, a conta bancária, o livro de contabilidade... E a caligrafia com que preparara tudo... tudo era meu, a casa, o saldo bancário... Tudo estava disposto sobre a mesa com cuidado, em ordem... Os documentos, e junto das chaves não havia carta, nem linhas de despedida, nada... Depois me interrogaram muitas vezes. Queriam saber tudo, como desaparecera, quem frequentava a casa... Os jornais escreveram sobre o desaparecimento durante muito tempo, pois meu marido era um médico famoso... Os jornalistas falaram com muitos de seus conhecidos e com as pessoas do departamento de polícia... Queriam saber se entre os pacientes havia algum louco ou quem soubesse de alguma coisa... Se havia outra mulher em sua vida... No entanto ninguém sabia de nada. Procuraram-no durante meses, em vão. Depois correu o rumor de que tinha enlouquecido, se suicidado. Passaram três meses. Os jornais já falavam de outras coisas. Minha filha e o marido chegaram, mas eles também não sabiam de nada, me consolavam, lamentavam. Depois voltaram para casa. Os velhos amigos também foram se afastando. Eu estava só. Esperava... Esperava que me chamasse. Sabia que estava vivo. Não esperava carta, mas sabia que ainda estava vivo em algum lugar... Antes... eu não sabia que existiam coisas assim. Um homem sai de um quarto como se fosse apenas até o vizinho... E não volta mais. Ninguém entende o que aconteceu, inventam toda sorte de coisas... Depois dão de ombros e se conformam com a ausência. Um de seus amigos, um neurologista... Homem estranho, eu não gostava dele, sentia-me sempre incomodada quando entrava em meu quarto... Durante aqueles meses me visitava ocasionalmente. Não o convidava, vinha por conta própria. Creio que eu o interessava... Ou as circunstâncias o interessavam, não sei... Era um homem inteligente, muito delicado... Dizia que era difícil conhecer meu marido. Eles eram bons amigos... Tocavam violino juntos, o que era risível... Também tinham pacientes em comum... Mas meu marido conversava com ele de maneira diferente, não como um médico fala com outro, mais como um paciente com seu neurologista... Dizia que também confiava em meu marido, se ficava doente e precisava de um clínico geral, mandava chamá-lo, pois sabia que era um médico excelente... Entretanto meu marido se detivera em algum ponto. Não acreditava mais nos doentes. E não acreditava nas doenças... Não acreditava que a doença fosse somente sofrimento e aniquilação, nada mais... Acreditava que a doença tinha algum sentido, razão... Discutiam muito... Eram ambos ateus, mas acreditavam que o mal tinha um sentido, como ensina a Bíblia... A doença não era somente aviso ou acidente, e sim alguma coisa mais... Esse médico perguntou se às vezes meu marido falava de coisas... Não, nunca... O médico disse também que nos últimos tempos meu marido não se interessava mais pelo trabalho. Desejava apenas compreender o significado da doença. Falavam muito sobre o câncer. Não sabiam nada ao certo... Nem sabiam curá-lo, embora com a existência do clorofórmio às vezes o operassem... Porém na maioria das vezes faziam-no sem esperança... Não, meu marido não queria decifrar o câncer, disse ao amigo que não tinha ideia do que fazer com esses doentes, por onde começar... Mas desejava descobrir por que num organismo que nos demais aspectos era saudável uma célula de repente enlouquecia e começava a crescer, se disseminar... e ninguém sabia a razão... Nessas pessoas o coração, o estômago eram saudáveis... Tudo nelas era como num organismo humano normal... E tudo na vida também ia bem, trabalhavam, tinham família... E certo dia, no organismo imenso que é o corpo humano, entre milhões e milhões de células saudáveis uma delas de repente enlouquecia e começava a crescer... Tentavam adivinhar a causa... talvez herança, infecção, alimentação, modo de vida, ambiente... Ninguém sabia nada ao certo... Mas a célula crescia como um gigante entre anões... E a seu redor as demais células enlouqueciam e também começavam a crescer, se disseminar... Isso era o câncer. O amigo de meu marido disse que falavam muito disso... E um dia meu marido dissera que esse fenômeno existia não só no organismo de algumas pessoas, mas também na vida das sociedades, das nações... Entre milhões e milhões de células sadias aparecia uma que se insurgia. Tinha pensamentos diferentes dos das demais... E a transmissão era veloz. O país, o governo, as autoridades, ficavam impotentes como o médico. E porque não podiam fazer outra coisa, tomavam da faca e começavam a cortar...

*

"Como aqui em Canudos?"
"Como os senhores aqui em Canudos."
"Como soube?..."
"Da notícia? De que meu marido estava aqui? Pelo jornal."
"Que jornal?"
"*Estado... O Estado de S. Paulo...* era esse o nome."

"Seu marido... assinava esse jornal?"

"Quando partiu... depois, passadas algumas semanas... encontrei os exemplares no consultório, na gaveta da escrivaninha. Sublinhou todas as notícias referentes a Canudos com lápis vermelho..."

"Leu o nome de seu marido no jornal?"

"Não, nunca. Porém de repente tudo era como se alguém me gritasse. Assim, compreendi."

"Levou muito tempo para chegar a Canudos?"

"Ao Brasil? Muito."

"Veio de navio? Ou de trem, dos países vizinhos? Por que não responde?"

"Por favor, deixe esse tom policial."

"Queria saber quem tinha organizado a revolta?"

"Queria saber por que meu marido fora embora, no inverno, ao cair da tarde, na nevasca. Do consultório. Do ambiente dos belos móveis... Do quarto de casal. E de mim."

"Descobriu?... Por que não responde? Sabe, mas não tem coragem de dizer?"

"De Canudos não se pode... falar. Canudos só... acontece. Como não se pode falar do amor. Ou da religião. Existe ou não... Mas se falam, não é mais a mesma coisa... Só existe a realidade."

"Canudos, para a senhora?..."

"Foi realidade."

*

... bastou descobrir um dia que meu marido estava em Canudos. Lá onde antes vivíamos... Aos poucos tudo se aquietou. Os jornais falavam de outras coisas. As autoridades já não me atormentavam. O advogado disse que era preciso esperar o prazo legal para que declarassem a morte de meu marido... Vários advogados entraram na casa e saíram, havia muitas coisas a serem feitas, atas deviam ser assinadas, protocolos... Todos tinham se conformado com o suicídio de meu marido. Pois antes de partir arrumara tudo sobre a escrivaninha como era o hábito dos suicidas... Fiquei só. E esperei. Li tudo o que escreviam sobre Canudos nos jornais. Mas não falava disso a ninguém. Nem com o médico, o amigo... Nos primeiros tempos ainda esperava alguma notícia, carta ou telegrama... O mundo é tão pequeno, existe o telégrafo... E as locomotivas a vapor são velozes... Não há mais distâncias. Porém não veio carta nem mensagem... Sabia que estava vivo em algum lugar e... De repente compreendi. Como é fácil compreender ao ficarmos sós... Há inquietação apenas enquanto existe a necessidade de compreender alguma coisa sobre os homens... Falam sempre de outras coisas... Mas eu estava só e compreendi. Meu marido fora embora e não quisera me levar ao lugar para onde ia... Não me avisara porque o lugar era terrível... E tinha de ir porque o chamava alguma coisa mais forte que tudo o que na casa o rodeava... Seu ofício, seu lar, eu... Ele queria descobrir o que poderia ser mais forte que as invenções dos homens, o modo como vivem, que pensam ser o único possível... Eu era incapaz de imaginar o que seria... Um dia parti. De onde?... De lá... Bem, do outro mundo... Viajei como sai para descansar uma dama atingida por um grande golpe... Parti com uma mala bonita, num sobretudo de viagem... Viajava para o inferno em primeira classe... Não ri?... Todos tinham pena de mim, mas achavam justo eu viajar. Escreva, diziam as amigas... O neurologista também veio se despedir. Veio no último dia, antes da partida. Não disse nada... As empregadas deixaram a casa arrumada, cobriram os móveis com capas protetoras para que, Deus nos livre, nada lhes acontecesse durante a minha ausência. Enrolaram os tapetes... O médico correu os olhos pela casa. Depois olhou para mim. Examinava minhas malas com gravidade. Pensei... Houve um instante... Dirá alguma coisa, vai querer me impedir... Mas não aconteceu nada. Quando nos dirigimos para a porta... Sua mão já estava sobre a maçaneta... Disse... mais resmungou... Lembro... Se não perecemos em alguma coisa então... espere, como disse?... Sim, essa coisa em que não perecemos nos torna mais fortes que ela própria... Disse mais ou menos assim. Não se voltou, foi embora.

*

"Seu marido lia Nietzsche?"
"Quem foi ele?"
"É capaz de lembrar dos livros que o seu marido lia?"
"De tudo. Livros médicos..."
"Proudhon... ouviu seu marido mencionar esse nome?"
"O que ele escreveu?"
"Bakunin, Kropotkin?"
"Nunca."
"Zeno?..."
"Escrevia poemas?"
"Não, escrevia sobre a anarquia. O seu marido falava de alguém chamado Marx?"
"Não lembro. Como disse?... Marx? Não falava."
"Pense. Não ouviu seu marido falando mal de Marx? Quando conversava com o amigo, o médico... Seu marido não dizia que Marx era um traidor, inimigo, porque não acreditava na anarquia?"
"Meu marido nunca falava mal de ninguém."
"Disse que muita gente os visitava. Homens cultos... A senhora ficava ali na sala, escutava quando os convidados conversavam, discutiam... Alguma vez ouviu falar nos *dukhobors*?..."
"Quem são esses?"

"Os convidados não falavam... Ou seu marido... de uma seita russa?... Homens que negavam o país, a sociedade, as Igrejas?... Dançavam, rezavam descalços, chicoteavam-se? Viviam num transe religioso? Esperavam pelo Juízo. Ouviu falar nisso?..."

"Não, nunca."

"Ouviu este nome... Nicolitas?"

"Não ouvi."

"Seu marido era anarquista?..."

"Em Canudos não havia anarquistas. Lá havia ordem. Diferente da existente do lado de fora, no mundo... Porém uma grande ordem."

"Na loucura sempre há ordem. Mas a obsessão mantém a ordem por meio do ódio."

"Em Canudos as pessoas não tinham ódio. Todos eram bem--humorados... Como se alguma coisa os fizesse felizes..."

"Passavam fome. Não havia água. Comiam barro, as crianças também. E morriam às centenas todos os dias como quando a seca mata o gado. O que os alegrava? O Paraíso que o Conselheiro prometia?..."

"Não sei se o Paraíso existe. E se existe, não sei onde fica... Sei apenas que Canudos fica perto... Se conseguíamos chegar lá... De repente não havia mais nenhuma preocupação."

"De dia, quando não matavam, ou à noite... O que faziam em Canudos? Havia alguma... rotina?"

*

... tudo era diferente. Também existia manhã, tarde e noite... No entanto era diferente. Não havia distinção entre a noite e o dia. Lutavam, morriam, rezavam ou cantavam... Mas eram todos alegres. E se alguém morria, não tinha importância. Quando eu cheguei e descobri que tudo era como eu imaginara... Meu marido veio a Canudos... Mas não me esperou porque se cansou... A primeira surpresa era que não havia nenhuma surpresa... Não sentia dor, horror nem desespero... Se descobrisse em outro lugar, antes... em casa ou a caminho, que meu marido não estava mais vivo, talvez tivesse perdido o juízo ou me matado... Porém em Canudos não fiquei enlouquecida. Não havia luto. Antes, quando ainda se tinha tempo para esse tipo de coisa... levavam os mortos para perto da igreja velha, cantavam, enterravam... Mas nas últimas semanas os mortos eram muitos, não havia mais tempo. Os senhores já estavam muito próximos da igreja com os canhões e, de noite, também das casas... O senhor sabe... Foi quando começaram a queimar os mortos... Na maleta de médico do meu marido encontrei alguns medicamentos, bandagens, analgésicos... Ninguém tocou neles... Em Canudos a dor física também era diferente do que é aqui... Ou no mundo... Lembro que antes eu sempre tinha enxaquecas... No meu quarto, sobre a mesinha havia um vidro de cristal com um pulverizador contendo a substância perfumada que eu inalava para enxaqueca!... Mas em Canudos esse tipo de coisa era desnecessário. Lá nunca tive enxaqueca. Nem outros males... A dor, os ferimentos abomináveis, de algum modo tudo se anestesiava por si... Ninguém se queixava, nem as crianças... Eu vi as crianças... Disso não quero falar. Quando chegamos, durante dois dias ninguém falou comigo. Todos eram amistosos, mas... Eu ainda era uma estranha. Não perguntavam de onde vinha, por que tinha vindo. Mas eu via, sentia que me observavam. Havia uma espécie de polícia no arraial, havia também espiões que denunciavam ao Conselheiro se alguém era suspeito... Por que suspeito? Somente se não acontecia com ele o que acontecia a todos... Com a chegada a Canudos... Não vinham só mendigos, gente à toa ou romeiros, e sim a criadagem de quem não era nômade... Que não desejava ser inteiramente como os de Canudos... Era isso que os espiões observavam. Afonso era o chefe, estava em todos os lugares, de dia e de noite, na oração, nos enterros, nas refeições... Era um homem perigosíssimo. O Conselheiro não confiava em ninguém a não ser em Afonso... Porém, quando compreendi isso tudo, não temia mais ninguém, porque também comigo já acontecera... Assim, cheguei. É difícil contar, mas agora que comecei... Pois ganhei o presente, tomei banho, não é mesmo?... Vou contar como puder. Mas tenho receio, vai ser difícil entender. Por exemplo, que as pessoas em Canudos não tinham medo de nada. O senhor disse há pouco que lá se morria como o gado na seca... É verdade. Ainda assim, havia uma segurança tal... sim, uma proteção tão... Em nenhum lugar, em nenhuma cidade as pessoas contam com a segurança e a proteção que lá existia. Mais tarde, quando ganhei esta roupa e eu também era como os demais, às vezes me ocorria uma coisa ou outra que, no passado, era necessária à vida antiga... Por exemplo, as chaves. Antes precisava de chaves sempre, para tudo. Chaves com que trancávamos armários e gavetas... Depois outras chaves com que se fechavam as portas e portões de dia e de noite... Em Canudos não havia uma única chave. Imagine uma cidade onde vivem milhares de pessoas e todos têm uma casa... Haja o que houver, ela lhe pertence, você tem uma casa... E na casa há um odre de couro, imagens sagradas, armas... Mas não há chave. Porque não há o que trancar. Na maioria das vezes não havia nem porta, e sim algum pano, resto de saco que pendia da entrada... E na casa que não tinha porta, onde não havia chave... todos dormiam tranquilos. Nunca tive um sono bom, havia tempos meu marido me dava pós, eu dormia alarmada... Porém, em Canudos, desde a primeira noite dormi como uma criança que sabia que cuidavam dela, nada poderia acontecer. Todos dormiam em paz porque não havia receio de ladrões...

Só era preciso temer os senhores, os soldados... No entanto isso não era tão simples... É estranho, mas em Canudos também havia ladrões. Não os assaltantes e assassinos temíveis que figuravam nas listas dos senhores... Não, eram outros que roubavam. Os que vinham apenas acompanhando os homens e as mulheres. Não os que um dia partiam de algum lugar destinados a Canudos... Por quê?... Porque alguma coisa os chamava... Largavam tudo e vinham a Canudos. Não eram esses que roubavam... Os ladrões eram os velhos que acompanhavam os migrantes porque não podiam ficar sós em casa. Esses acompanhantes, os velhos, roubavam. Ainda traziam consigo as lembranças do outro mundo... Lembranças da chave, da fechadura e do cadeado, de que era bom esconder alguma coisa aos outros, víveres, roupas, um utensílio... Ou ouro e prata... Sim, o ouro. E a prata. Em Canudos havia também disso, e não era pouco... No porão do santuário havia sacos de couro cheios de ouro. Havia medalhões, moedas e joias que os ladrões recolhiam nos arredores quando saqueavam as aldeias e as cidades... Mas nos sacos havia também ouro e joias que os proprietários de terras, os abastados e os ricos entregavam aos ladrões de bom grado, enviavam de presente ao Conselheiro como se investissem numa empresa, pois não se podia saber de que serviriam se um dia chegasse o fim do mundo... E os ladrões traziam tudo a Canudos, entregavam a Afonso, que era também tesoureiro, para que guardasse... Porque quando voltavam a Canudos depois dos saques, já não eram ladrões... Essa era a diferença em Canudos... O ouro não tinha mais utilidade... O Conselheiro mantinha uma grande ordem... Essa era a outra diferença, a grande ordem na grande desordem... Não, não era comunismo. No caos havia uma ordem rigorosa, pois quem vinha a Canudos logo compreendia que não chegava a uma nova sociedade, e sim a uma nova vida... Num mundo onde a vida e a morte também tinham significado diferente do que tinham nos lugares onde existia o Estado... Em Canudos havia ordem, mas não havia Estado... Havia pessoas, mas não havia instituições... E não havia nada a se proteger... Contudo havia velhos que não conseguiam se livrar das lembranças. Desconfiavam que talvez não houvesse certeza no que o Conselheiro prometia, talvez o fim do mundo não estivesse tão próximo... E mesmo até então, até chegar o fim do mundo, seria bom guardar, esconder alguma coisa, talvez se fizesse necessária... Sim, os velhos roubavam. Mas nem eles eram punidos... Como também não eram punidos os que faziam desordem ou bebiam fora do arraial... Porém se alguém fosse pego embriagado no arraial, era morto no ato... Sei, o senhor também acredita que o Conselheiro seja louco... É possível que, vendo-se Canudos de fora, ele pareça um louco... Mas em Canudos não havia linha divisória entre o louco e o são como imaginam os senhores do lado de cá... E não pense que em Canudos havia ódio. Não odiavam os inimigos que um dia tinham vindo ao sertão para aniquilar com canhões, baionetas e armas o Santo Cosmos e todos que lá viviam... Matavam os senhores como os senhores os matavam... Como hoje à noite vão matar todos que lá restaram... Sim, e também a nós, que o Conselheiro enviou para dizermos que é tudo mentira... Porém lá não se matava ninguém. Mais tínhamos pena dos senhores, os assassinos, porque ainda não tinham sofrido o bastante, nem pecado o bastante... Uma vez o Conselheiro disse... Um dia todos terão de passar pela árvore do Bem e do Mal... Disse ao se referir a uma mulher que vivia na infâmia, a cada noite dormia com outro... Não, em Canudos não havia casamento... O Conselheiro não proibia que homens e mulheres vivessem juntos... Havia muitos casamentos informais, nasciam crianças... Mas o casamento, como eu o vivera antes, não existia... Não havia festa de casamento, pois também não havia padre... Nós estávamos bem próximos do que os padres só prometiam... Por isso tudo era permitido, mesmo o que os senhores deste lado chamam de pecado... Entretanto não havia imoralidade, porque não havia moral. E não odiavam os senhores. Mais tinham pena, porque aqui fora ainda não sabiam da verdade, construíam cidades diferentes, com casas opulentas, ruas elegantes, ferrovias, belos navios... Eu também tinha vivido numa casa assim, andara por ruas assim, viajara no belo navio... É natural que se alguém de fora, da rua, olha o hospício por uma janela de grades, o que vir ali vai parecer loucura... Porém os que estiverem dentro talvez não sejam apenas loucos, mas desejem alguma coisa com essa força assustadora, alguma coisa de que só assim possam se aproximar... Talvez queiram mais, não apenas ser loucos... Era curioso como os assassinos e os ladrões também se acalmavam em Canudos... Como se por fim chegassem em casa... Entre eles havia tipos selvagens. Vinham todos armados, não tinham nada a não ser arma e ouro ou prata... Ficavam com a arma... À noite, na hora da adoração, despejavam diante do Conselheiro os punhados de ouro e joias que haviam trazido embriagados, que haviam roubado no caminho... Mas não precisavam mais de nada. Não pense que em Canudos esses selvagens de repente se curavam, se penitenciavam, viravam devotos ou santos, nada disso... Eu?... Já posso dizer... Quando aconteceu comigo... O quê?... Enfim, entrei em Canudos... É difícil explicar... Porque esse tipo de coisa não se dava imediatamente. Às vezes passavam semanas, meses, sem que as pessoas chegassem de verdade... Eu estava lá havia quatro semanas, conversava com todos, todos que tinham visto, conhecido meu marido... Não, com o Conselheiro não falei, era impossível... Só o via toda noite na hora da oração... Falou comigo pela primeira vez hoje de manhã... Eu vivia em Canudos e às vezes pensava que tudo não passava de uma aventura perigosa... Como se perdida numa expedição me deparasse com selvagens. Às vezes acreditava que um dia o passeio acabaria... Já estava inteiramente lá, mas ainda havia momentos em que imaginava que um dia iria embora, não me veria mais ali... E depois, um dia... Percebi que em Canudos não só a vida era diferente de antes, mas as horas tinham outro significado... O que os senhores denominam onze da manhã ou três da tarde já não fazia sentido... Porque em Canudos não havia tempo. Mas seguia acreditando que um dia tudo acabaria, de algum modo eu não estaria mais em Canudos e contaria o que vira pois tinha sido muito interessante... E um dia percebi que chegara por inteiro, não voltaria mais de Canudos para casa... Naquele instante... Lá isso era palpável... Falavam comigo de outra maneira, me acolhiam. Rotina?... Sim, em Canudos também havia rotina, mas sem medida de tempo... Quando os senhores não vinham matar ou não atiravam com os canhões, as pessoas dormiam ou sentavam no chão, gracejavam, comiam, brincavam... E eu gracejava e ria com eles.

*

"Seu marido também pegou?..."
"O quê?"
"Canudos."
"Não entendo. Pegou como?..."
"Como uma doença."
"Canudos era outra coisa. Não era doença."
"Explique."
"Possibilidade."
"Na anarquia há força, e a força é sempre possibilidade. Isso nós, democratas devotos, também sabemos. Mas a força em que não existe razão é possibilidade apenas no hospício. Seu marido sabia disso?"

"Sabia o que todos em Canudos sabiam. Sabia que às vezes o impossível é a única coisa em que vale a pena acreditar."

"A senhora é perversa."

"O que é isso?..."

"São perversos os que acreditam que possam escapar e se salvar caso não tomem banho. Muitos homens pensaram que se tornariam cristãos se do mundo, que é sempre sujo, se refugiassem na imundície. Houve também santos perversos. Não nos incomodamos com a religião, nós democratas, mas... Quando os homens se insurgem contra a razão e a ordem, e se refugiam em algum lugar como se fossem a um baile de máscaras e vestissem uma fantasia... Nesse caso procuramos ver quem está por trás da fantasia. Nove mil soldados da federação vieram a Canudos para ver o que acontecia por aqui. Milhares morreram. Chegamos ao fim do baile de máscaras... E a senhora veio para contar essa história sobre o seu marido. E sobre o Conselheiro. Pediu um banho. Fala inglês, mas... sua pronúncia não é exatamente de Oxford. Seu marido... Veio da Irlanda? Não responde? A senhora também? Lá existem muitos santarrões. Ouviu em Canudos que a Razão é pecado?..."

"Ninguém dizia que a Razão é pecado. Havia somente um pecado..."

"Se alguém não rezava. Mas para quem rezavam na imundície? No meio do sangue e da lama? Se no arraial não havia padre ordenado, vocês não eram cristãos."

"Engana-se. Havia padres. Porém em Canudos, para alguém ser padre, não tinha de frequentar o seminário. Nem precisava ser ordenado. Bastava..."

"Bastava o quê?"

"Bastava ser padre. Padre de verdade."

"Alguém defender com a razão o que reconhece como irracional é perversão. Canudos foi a dança de são vito doentia, epilética, de homens perversos. Já aconteceu muitas vezes de alguém deixar o mundo civilizado para se refugiar na lama e no sofrimento... Pascal, ouviu esse nome?"

"Quem foi Pascal?"

"Viveu há muito tempo. Era um senhor afetado. Sábio e cientista. Um dia armou para si uma Canudos pessoal. Afirmou que tinha se convertido, não se cuidaria, não se limparia, seu quarto, sua cama, suas roupas de cama ficariam sujos... E também o corpo. Disse que se tornara cristão. Pregaria o arrependimento e a penitência... Como os pregadores perversos de Canudos. Essas coisas não são incomuns. Não seria difícil saber a verdade sobre a senhora. Sofreu bastante, não é verdade?..."

"Eu não gosto do sofrimento."

"Pascal usava um cilício. Havia esse tipo de coisa por lá?"

"Não havia necessidade de cilício."

"O Conselheiro. Usava um cilício?..."

"Não vi. É possível."

"Dormia no chão?"

"Como todos. Eu também. Todos se acostumavam..."

"Com a morte?"

"Com o que viria depois. Quando não houvesse mais morte."

"Mandaram a senhora com essa história. O Conselheiro não morreu... Os soldados se enganaram, cortaram uma cabeça, espalharam que o Conselheiro não vivia mais... E agora gostariam de fazer o mundo acreditar que o grande líder escapou. Mas isso não vai dar em nada. Seja o que for que Canudos tenha sido para vocês... Nós que zelamos pela nação vamos esmagar a afronta."

"Porque não sabem que a afronta é necessária."

"É isso que liam nos livros sagrados? A afronta é uma consequência?"

"Sem afronta não se pode avançar."

"A afronta obriga o organismo a se curar? Era isso que seu marido queria ver? Uma mulher culta, a senhora... E seu marido, homem culto... Despencaram em Canudos. Alguma coisa chamou seu marido... Abandonou a vida. A senhora o seguiu porque desejava saber que forças levaram seu marido culto, inteligente, humano, do mundo dos homens cultos, inteligentes... Para um outro mundo, onde só havia afronta, perversão, ordem alucinada sem finalidade."

"Quando parti... Bem, de... Durante a viagem pensava que meu lar, o verdadeiro, havia ficado no lugar que deixava... A casa, a cultura, o mundo conhecido, racional. Não queria mais que encontrar meu marido e descobrir a verdade... Talvez alguém o tivesse chamado... Existem coisas assim... No mundo dos gringos é comum alguém se levantar da mesa depois do jantar, limpar a boca, dizer à esposa, à família, que vai à esquina comprar charutos, logo vai voltar... Depois não volta mais."

"Às vezes o encontram."

"E às vezes não. É difícil encontrar quem parte assim porque ele deixa não só a casa... A família, o trabalho... Mas a si próprio... Aquele que a família, os colegas de trabalho, os amigos, conheciam... Quem parte assim compreendeu um dia que a vida que vivia não era a dele... E no instante em que parte, a vida volta a ter sentido... No passado eu não sabia disso."

"No passado quando?"

"Antes de Canudos."

*

... entretanto mesmo em Canudos precisei de tempo para enfim compreender. E então passei a vê-lo de outro modo... e também o fato de ter me deixado... E a nossa vida antiga, tudo. Quando saí de casa, imaginava que partia porque tinha de salvá-

-lo... O homem que havia fugido do mundo que era o nosso, o dele e o meu... Naquele mundo tudo estava em seu lugar com tanta segurança e força... As casas não eram feitas de barro como aqui no sertão e nos campos, e sim de pedras e tijolos sólidos. E não só as casas eram construídas assim, mas também a nação, com leis duras, guardas severos e soldados... E os homens e as cidades eram cuidados por pessoas como o senhor, Excelência... Pessoas cultas, sérias, que desejavam não apenas imperar e dar ordens, mas o bem de todos, organização, limpeza, educação... e não sabiam que era sem futuro porque disso nascia a ordem e nessa hora começava a morte... O mundo dos senhores é belíssimo... O mundo em que vivíamos, meu marido, eu... Tudo era lindo, a bela casa, as ruas limpas... E a clínica onde meu marido atendia antes de partir para Canudos, onde não havia mais clínica... E não era preciso tratar, porque o médico e também os doentes compreendiam que o mal, a doença e a morte não deviam ser curados, e sim aceitos, porque no mal há força e com ele os homens se tornam mais fortes... Mas na clínica, no outro mundo, o meu marido não sabia disso e tratava. Na clínica havia camas limpas, lavavam-se os doentes, meu marido dava remédios aos que sofriam... Isso tudo se tornou inconcebível depois, em Canudos! Porém naquele outro mundo, à noite, como eram lindas as cidades! Iluminação a gás nas ruas! Em todo lugar guardas zelavam pela ordem... Tudo era tão seguro... E nas salas os livros, os belos quadros nas paredes... E as pessoas conversavam em voz baixa, com sabedoria, sobre a humanidade e o progresso... E nos teatros os músicos tocavam de noite... Às vezes as noites tinham aroma de feriado... Nós também tínhamos um camarote na ópera... Eu encomendava roupas bonitas do exterior, chapéus de plumas, roupas íntimas perfumadas... Tinha luvas longas, chegavam até os cotovelos, joias... Vestia tudo quando íamos à ópera... A cabeleireira vinha, me penteava maravilhosamente, a criada abotoava meus sapatos, vestia o corpete... Sei que falar disso agora é ridículo... Mas eu queria estar bonita, queria agradar, pois ia à ópera com meu marido, o homem sério, honrado, que todos respeitavam, que era muito bom para as pessoas... Vivíamos assim. E não só nós vivíamos assim, mas muitos outros que conhecíamos... Éramos ricos e cultos... E havia os assim chamados pobres... Viviam no mesmo lugar que nós. O guarda também zelava por eles, as luzes a gás também iluminavam as ruas para eles... Porém de modo diferente, como se vivessem em outro país... E quando às vezes em Canudos... Raramente... Vinha-me aquela vida, eu não separava mais os ricos dos pobres, embora em casa os ricos ainda não soubessem... O quê? Bem, o que já sabíamos em Canudos. Que era preciso ser livre para alcançar a Cidade Santa... e na liberdade não existe rico nem pobre. Mas nos belos salões onde os convidados cultos conversavam não se sabia disso... Dizia-se também que havia muitos pobres no mundo e era preciso tratá-los bem, ajudá-los... Havia outros planos, pessoas inteligentes aconselhavam toda sorte de coisas a se fazer pelos pobres... Criar empregos, dar roupas quentes às crianças no inverno ou fazer uma revolução, tirar o dinheiro dos ricos, obrigá-los a pagar... Entretanto, no final, só davam às crianças pobres as roupas quentes que para as ricas não serviam mais... No Natal os ricos mandavam comida aos pobres, às vezes um pouco de dinheiro também, claro que não muito, pois isso os estragaria... Dizia-se que se tivessem dinheiro, pensariam que já não eram pobres e não trabalhariam... Isso era obviamente impensável, pois dizia-se que o trabalho enobrecia... E além disso... Eu ouvia tudo... E em Canudos às vezes pensava também nisso... E depois em outras coisas que tinha escutado, mas apenas como quando semiadormecidos recordamos o quarto de criança onde alguém contava histórias... Em Canudos isso era incompreensível, pois lá não havia rico e não havia pobre. Meu marido deixou o mundo inteligente, organizado, sem uma palavra porque teve notícia de Canudos... E fui atrás dele porque desejava descobrir não só o que acontecera a meu marido, mas o que acontecera nele que o levou um dia a me abandonar e à bela casa tão silenciosamente... E o consultório, onde tudo tinha um cheiro tão assustadoramente inteligente... E deixou o quarto aquecido onde dormíamos juntos... E antes de adormecer dizia sempre até logo... Nessas horas sorria, porque era médico e sabia que esse "até logo" era sempre incerto... Queria descobrir o que havia acontecido em meu marido quando um dia, sem dizer nada, deixou aquele mundo maravilhoso, ordenado, onde tudo tinha finalidade e razão... Por isso vim a Canudos.

*

"Descobriu?"
"Sim."
"Por que seu marido foi embora?"
"Porque um dia começou a ter medo."
"Medo de quê?"
"Daquilo que lá... No mundo dos senhores... chamam de ordem. Mas não é isso. É apenas um sistema."
"Em Canudos?..."
"Não havia sistema. Havia uma ordem viva."
"A senhora, em Canudos... Nunca ansiou por voltar... ao que, como a senhora diz... não é ordem, apenas um sistema?..."
"Ao quarto de dormir? À ópera?... À criada que me vestia o casaco de pele?... No início, às vezes, sim. Mas era tudo nebuloso."
"Ainda assim, não pensava no... sistema? Que é perigoso mas tem muito de bom... Há homens que não baixam os olhos ao ver uma mulher... Silencia?... O mundo faz troça de nós que nos

defendemos contra a loucura com um sistema? O Conselheiro está vivo e hoje de noite o sino de prata vai tocar? Essa é a sua mentira?... Por que se cala?... Sampaio! As fotografias!..."

*

O major moveu-se lentamente. Como se voltasse de um transe, torporoso. Outros começaram a rosnar, tossicar e se espreguiçar na latada — os oficiais, os praças que montavam guarda. O diálogo de que os presentes não entenderam uma única palavra teve sobre eles o efeito da ladainha mágica de versos incompreensíveis que feiticeiros entoam na selva para narcotizar os ouvintes.

Os dois prisioneiros estavam acocorados no chão de barro, na imobilidade encolhida, grotesca, dos fetiches de argila queimada. O mestiço ria, mas só com o olhar; sua boca e os músculos tensos do rosto lembravam as feições dos paralíticos. Com o olho bom o negro fitava o teto, alheio ao que acontecia na latada por julgar tudo perda de tempo, uma vez que esperava a morte. E tudo o mais não tinha nenhuma importância.

Os soldados recobravam as forças, resmungavam. Para eles, o que tinham presenciado era não só incompreensível como assustador. Os praças analfabetos que nada haviam entendido da conversa empurravam-se, adiantavam-se para ver de perto o marechal e a mulher. Esqueciam da postura devida em serviço; acotovelavam-se como se mesmo sem as palavras compreendessem o que viam. Em ocasiões especiais — que vez ou outra vivi também mais tarde — as pessoas não se falam apenas com palavras, mas, sabe Deus como, talvez com a vibração da voz... Não só os enamorados se falam com essa eloquência muda, não só mães e filhos, a grandes distâncias, despertos ou dormindo, se comunicam — aqueles homens meio selvagens também "entendiam" o que ouviam. A prisioneira que conversava com o marechal do Brasil com desembaraço de cidade grande, o banho, a transformação do corpo no banho, tudo para os presentes era inacessível e amedrontador. Ainda assim, compreendiam. E se acercavam rosnando.

Sampaio foi displicente até a mesa. Sua expressão denotava que ele também desconfiava: o que tinha acontecido na latada não era natural. Ou era simplesmente a manifestação de forças sobrenaturais... Remexia agitado nos documentos e declarações espalhados sobre a mesa. Quando encontrou as duas fotografias — a cabeça cortada, de perfil e de frente —, rosnou como se contivesse uma imprecação. Estendeu os retratos ao marechal. Porém Bittencourt apontou:

"Mostre à senhora."

Falou assim — indiferente, num tom insensível —, "à senhora". O major — os retratos nas mãos como se não acreditasse em seus ouvidos — olhou em redor perdido, procurando a "senhora". A seguir caiu em si e — com movimentos lentos, numa relutância desanimada — entregou as imagens à mulher.

A latada já estava às escuras, e um praça deu um passo à frente com uma vela. A mulher — sem pressa ou atropelo — pegou os retratos das mãos do major. Curvou-se míope, como uma daltônica que na hora da cegueira, na meia-luz, não enxergasse bem com os olhos de duas cores. Com um sinal pediu mais luz. O gesto era autoritário, e o soldado se apressou em aproximar a vela.

A mulher pestanejava; olhava os retratos com a vista curta, atenta — primeiro de perto, depois de longe, como uma conhecedora a examinar o desenho ou o quadro de origem duvidosa cuja autenticidade só ela podia atestar. Deu de ombros e — compreensiva, com altivez — abriu um sorriso. Passou as fotografias aos companheiros. O mestiço e o negro juntaram as cabeças e gargalharam. Com meneios mostravam que não valia a pena responder a uma provocação insensata, estúpida e infantil.

O soldado, mudo, de pronto lhes tomou as fotografias e as estendeu ao major.

Fez-se um grande silêncio. Pela janela quebrada entrou a brisa noturna fresca da mata trazendo o odor fétido da putrefação.

O marechal se pôs de pé. Deu as costas para a mulher, afastou-se lentamente dos prisioneiros. Não olhou para ninguém. Parou diante da mesa iluminada pelas velas. Cruzou os braços, apoiou-se na mesa. Ao brilho esfumaçado, bruxuleante, ele também piscava míope. De perto notei que seu rosto tinha a cor do estanho. À luz ondejante das velas passava todos os matizes da repugnância, da decepção. Ele olhava em redor como se de repente tivesse compreendido que em situações importantes toda fala, toda argumentação entre os homens é inútil — era preciso agir sem piedade. Nada mais adiantava.

Até então o marechal havia se dirigido à prisioneira num tom cortês, embora formal, profissional. Como se expressa um funcionário culto num processo intrincado ao interrogar um suspeito que não deseja intimidar com gritos, perguntas imperiosas, porque espera que assim conseguirá a verdade. Portanto tolera que durante o interrogatório se fale também do que não é pertinente ao caso. Não faz ameaças, não eleva a voz, prefere conversar... E fala baixo num idioma estranho porque não quer que outros entendam o que os dois dizem.

Falava assim, quase cúmplice. Porém falava o tempo todo desde a outra margem, do plano do marechal, de uma altura inalcançável. O ar amistoso — o banho, o convite para que a mulher se acomodasse, tudo — era artifício, estratégia. Como se durante a conversa tivesse esquecido completamente da realidade da situação — de que nas proximidades, na barraca do comando, os suboficiais o esperavam, na estação já tinham aquecido o trem especial e no vagão-restaurante os jornalistas e os convidados importantes haviam sentado para o jantar. Também não o preocupava que todos na latada — os oficiais, os praças — espreitassem o final da representação incompreensível impacientes pois no acampamento o equipamento estava sendo guardado e um destacamento tinha as baionetas prontas para liquidar Canudos e voltar para casa.

Até então o marechal tinha sido o chefe de alta patente, o condutor do interrogatório que de uma testemunha exótica inesperada visava extrair a verdade sobre Canudos. Talvez esperasse que assim viesse a saber mais do que tinham confessado os prisioneiros e os fugitivos; os crentes enlouquecidos e os bárbaros cruéis. Os comparsas e líderes dos bandidos da aventura selvagem de Canudos tinham contado os detalhes. Entretanto, quando da noite, da mata primitiva, do mistério da latrina fétida de Canudos emergia um ser que não só vivera mas — assim parecia — compreendera o que havia acontecido na cidade de barro, o marechal se entregou a mais uma experiência.

Na latada, todos protestavam, pigarreavam inquietos. Os oficiais e os comandados se entreolhavam, meneavam a cabeça. Gonçalves cuspiu a ponta do charuto, parou na soleira da porta, contemplou a escuridão cansado do desperdício insensato de tempo. Não contei o tempo — talvez tivesse passado meia hora ou um pouco mais desde que a mulher saíra da banheira do marechal. Porém Bittencourt não tinha pressa de encerrar o interrogatório.

O marechal mudou de tom. Falou como quem não queria saber apenas a verdade acerca do Conselheiro — como se isso não tivesse mais importância. Na verdade desejava descobrir o que acontecia a um homem que um dia partia do lugar que até então fora seu "lar" e — apesar de todas as consequências — buscava uma Canudos...

*

"Então?..."

"Havia muitos assim."

"Assim como?..."

"A maioria dos mais velhos era assim. Todos se pareciam. Todos eram barbudos, tinham cabelos compridos... Sim, todos imitavam o Conselheiro. Em Canudos também havia moda... Diferente da de outros lugares. Mas havia."

"Fale da fotografia."

"Já falei. A fotografia é uma mentira. O Conselheiro está vivo."

"Quando o viu pela última vez?"

"Hoje de manhã."

"E antes?"

"Nunca havia falado com ele. Não olhava para as mulheres. Tinha horror a elas."

"Era pederasta?"

"Era asceta. Matou o corpo... Tudo o que era físico."

"Portanto era covarde. Todo asceta é covarde. Não sabia? O corpo demanda coragem. Dos homens também. E das mulheres. Quem se refugia no ascetismo não foge do pecado, e sim... Continue. Era asceta porque..."

"Foi injuriado."

"Pelas mulheres? Ou pelos homens?"

"Pela mãe. E pela mulher... E pelo amigo... Pelo policial que era amante de sua mulher."

"É o que contam. A senhora também acreditou?"

"Não é ficção. A mãe dele deu as pistas porque odiava a nora. E ele matou os três. A mãe. A esposa. E o amante... Depois começou a vida de nômade. Muitos o seguiram, sempre mais... Um dia fez Canudos."

"Se é verdade que falou com ele hoje de manhã... Por que mandou exatamente a senhora com a notícia de que estava vivo ou tinha renascido, ou nem sei... Por que a senhora?"

"Porque era sabido que eu falava uma língua estrangeira. Ele disse que os senhores eram tão estranhos que talvez não compreendessem se alguém de Canudos lhes dirigisse a palavra... Não me olhou enquanto falava. Baixou o olhar, fitava o chão. Nem parecia vivo... Via-se apenas a túnica branca, o cabelo e a barba... A carne, se ainda havia alguma... Era só pele ressequida. Como uma vestimenta de pele, assim era o corpo... Falou pouco..."

"Diga!"

"Vai partir esta noite. O sino de prata vai tocar, será o sinal... E ele vai fazer novas Canudos no Brasil. Não uma, cem... O senhor pensa que ele é louco. Mas da loucura ele criou um outro homem."

"Madame. Quem dos homens se refugia em Deus... É sempre covarde. Todo místico é covarde. Esses dois... Por que vieram com a senhora?"

"O Conselheiro ordenou que me acompanhassem."

"Testemunhas ou espiões?..."

"Vieram por educação. Para que eu não estivesse só quando os senhores me matassem. Em Canudos as pessoas são muito educadas. Quando alguém agoniza, sentam-se a seu lado e cantam."

"Nós democratas também somos educados. Vê... Por que tem tanto medo?..."

"Engana-se. Quem vem de lá não tem medo... Em Canudos ninguém tem medo da morte."

"Não, lá temiam a vida. Seu marido... Por que seu marido tinha tanto medo da vida? Não me olhe tão assustada. Sim, tinha medo, a senhora também sabe... Não fosse isso, não a teria abandonado e a tudo... Não se refugiaria em Canudos. O que acha?

138

Em Canudos seu marido ganhou alguma coisa melhor do que aquilo que abandonou? Melhor que o mundo civilizado?... Melhor que a senhora?... Por que me olha horrorizada? Ci-vi-li-za-do, sim... Não repudie a palavra. É possível que também seja uma mentira... Mas podemos viver nela. Tire as mãos do rosto!..."

"Em Canudos as pessoas não pensam com palavras..."

"Então?... Por que acorreram nove mil pessoas... ralé... por que se aglomeraram em Canudos? Patifes disfarçados de fanáticos religiosos... E bandidos hipócritas... Juntaram-se. Isso não é novo. Um profeta desvairado promete a salvação, o fim de toda a miséria terrena. É corriqueiro. Os homens são insatisfeitos sempre, em todo lugar... E sempre existe a necessidade de um bicho-papão a ser apontado como causa de todo o mal... Agora é a Democracia. A nova besta primitiva, não é verdade? Mãe de todo o mal!... Em Canudos a senhora viu essa gente de perto... Se sabe, diga por que odiavam a democracia..."

"Porque tinham medo dela."

"Do que tinham medo? De que construíssemos pontes, estradas?... De que haveria hospitais, escolas?..."

"Tinham medo porque... Eram selvagens. Bem... eram aristocratas. Não eram democratas porque... Porque havia dirigentes, guardas, cobradores de impostos, galopins eleitorais democratas... Brasileiro democrata não havia. Ganiam como... Sim, como os animais na caatinga quando pressentem a seca... Começaram a ter medo porque na mata apareceu um país. Sentiam que tinham caído numa armadilha... Tudo o que os cabos eleitorais prometiam... As eleições... Achavam que era tudo uma cilada. Começaram a ter medo de perder alguma coisa... A individualidade, o que cada um era... Tinham medo porque acreditavam que a nova ordem seria um grande perigo... Nessa ordem o homem seca por dentro, deixa de ser quem é... Tem de se parecer com os demais... Esse é o grande perigo."

"Seca?... O que a senhora está dizendo?"
"Seca como a mata. É terrível."
"Não grite. Fale baixo. Por que... imaginavam esses bárbaros que a democracia seria pior que a ordem antiga?... Não pense que nós democratas acreditamos em milagres. Não existe milagre democrático. Como não existe milagre religioso... É tudo lenda. Sabemos que não há redenção... Não existe ordem que modifique as pessoas. Se o seu marido pensava que o Mal poderia remediar os homens, ele viu em Canudos que nem o Mal resolve. Só os padres e os profetas prometem redenção... Essa nova ordem, a nossa... não é pior que a antiga. O imperador e sua gangue, os senhores pretensiosos, inchados, também eram podres... O mundo nunca será melhor, mas... muito lentamente... Será outro. Há pouco a senhora disse alguma coisa sobre o sino de prata. Será o sinal de que o Conselheiro ainda vive. E vai partir, continuar a insurreição... Foi o que disse. Porém não ouço sino algum."
"Não, eu também não."
"Canudos está silenciosa. Finalmente. Não creio que essa sua história seja verdade... Não acho que o Conselheiro esteja vivo. Não acredito em vocês. Talvez tenham vindo apenas porque as poucas centenas que lá restam queiram ganhar tempo, adiar, com essa história... Mas não há mais tempo. Seu marido era conhecido no arraial? Sabiam dele?..."
"Muitos."
"Falavam dele? Contavam para a senhora? Diziam o que fazia, o que falava?"
"Ele era conhecido. Era o médico... Mostravam onde o médico morava, onde dormia... E o negro e o mestiço trabalhavam com ele, ajudavam a cuidar... Quando um tiro arrancou o olho do negro, foi ele quem fez o curativo... Sim, no arraial conheciam meu marido."

"Confiavam nele?..."

"Diziam... Sempre escutava. Tratava, fazia curativos, operava... Mas não falava. Diziam isso... Sim, e também que... O negro disse... Era um homem muito inteligente, falava pouco... Contou que meu marido escutava e às vezes ria, sem emitir som... Ria como quem recebia uma boa notícia... Porém não a ouvia de fora, mas de dentro, e por isso ria. Foi o que disse."

"A senhora e esses dois... eram curandeiros?..."

"Não, nunca. De noite, na choça, eu deitava no chão onde ele havia dormido... Já disse, não sobrou nada, roupa, escrito, nada... Só a maleta de médico cheia de material de curativo, medicamentos... A maleta ficava sempre a meu lado, ao meu alcance. Se estavam doentes ou feridos, vinham a mim, mesmo à noite. Como se fosse eu a médica... E às vezes eu acreditava nisso... Eu mesma não entendo, mas... Distribuía os remédios ao acaso, o que me caía nas mãos... E confiavam em mim, tomavam o remédio... Para eles era indiferente. O curioso era que ainda assim se curavam... Como não existia em Canudos o padre ordenado, e sim aquele que acreditavam ser padre... O médico também não era quem tinha diploma, e sim aquele que sabia curar e em quem acreditavam... Disso eu antes não sabia."

"Peça alguma coisa. Rápido."

"Obrigada pelo banho, prezado senhor."

"O que mais deseja?..."

"Que permita... Gostaria agora mesmo... Ainda esta noite... Voltar a Canudos."

"Primeiro cumpra o que prometeu."

"O quê?"

"Se o Conselheiro vive... Os soldados vão acompanhá-la. Está escuro. Traga-o aqui."

"Vivo?"

"Ou morto. Depois poderão ir. Os três."

*

    A quietude na latada era densa como a neblina sobre a mata na madrugada. A noite também era silenciosa como se o acampamento estivesse distante, o acampamento, a mata, Canudos, tudo muito distante. A mulher estava calada, e de repente seu rosto se contraiu. A boca, os olhos, os traços todos se contorceram como se uma cãibra a torturasse. O riso era o dos mortos. Com uma das mãos apertou o camisolão sobre o peito como uma cardíaca a quem o ar faltava. Arfava, estendia a outra mão no gesto de quem se asfixiava; pedia ajuda e apontava na direção da janela. Pela janela chegava um som estranho. Era como um instrumento e a um tempo era também diferente: uma ressonância que repicava excitante, fantasmagórica.

    Os oficiais, os soldados e os dois presos fitavam a janela. Somente o marechal olhava para a mulher, sombrio: a mulher que havia cruzado os braços sobre o peito e contemplava o teto como se fora o céu. Sorria como as figuras humanas primitivas nos primeiros quadros religiosos — um sorriso vazio e ainda assim enlevado, de papel machê, como os santos baratos de feira ao ouvirem a voz celestial, a boa-nova.

    O som de prata reverberava como um acompanhamento aos versos de um louco. E na escuridão o badalar estranho era aterrorizante como o lamento e o uivo de um animal do sertão. Alguns praças fizeram o sinal da cruz.

    Bittencourt esperou que o sino silenciasse. Olhou em redor distraído e — como se num relance me notasse — encarou-me como se me visse pela primeira vez. De perto dei-me conta de que seus olhos estavam injetados como os de quem se recuperava de uma orgia embriagada. A seguir — como se percebesse sua impotência — ergueu a bengala desajeitado como se desejasse golpear sem saber exatamente quem. Esse foi o único momento em que o marechal perdeu o autocontrole.

Partiu na direção da mulher, do mestiço e do negro brandindo a bengala. Deu dois ou três passos assim, cambaleante, os olhos vermelhos como os de um bêbado. Súbito estacou. Seu braço caiu. Apoiou a ponta da bengala no piso e inclinou-se pesadamente para a frente, de corpo inteiro, como se fosse cair e com as últimas forças se agarrasse a alguma coisa.

Agora, creio que aquele foi o instante em que o marechal compreendeu que havia chegado a um limite em que tinha de se segurar porque, se desse um passo, não haveria mais nada — somente o precipício. (É o que imagino. Entretanto é possível que eu me engane, pois com os anos aprendi o quanto é difícil saber o que se passa com as pessoas quando se encontram em apuros.)

A única certeza é que se apoiava sobre a bengala e piscava os olhos vermelhos. Sua boca também se movia, balbuciava, muda. Porém ele se recompôs com rapidez surpreendente. Dirigiu-se à janela a passos calculados, calmos, e — de costas para os presentes — respirou longa e profundamente. A noite era gélida e negra. A quietude era tal que Canudos nem parecia próxima. E o acampamento parecia igualmente distante. O silêncio e a escuridão absorveram também o eco do sino de prata.

Bittencourt não se voltou, apenas acenou indolente. Sampaio e Gonçalves compreenderam e acorreram.

"Às cinco", disse o marechal.

Sampaio assentiu mudo.

"Esses" — não apontou, mas Gonçalves e nós compreendemos que falava dos presos — "podem ir."

Gonçalves, ainda que apreensivo, começou a rir aliviado. Rosnava entre dentes:

"Não irão longe."

O marechal sacou da lapela um relógio de bolso, de ouro, com tampo duplo. Sampaio se apressou a iluminar o mostrador com a chama crepitante de um fósforo. Bittencourt admirava os ponteiros escrupuloso — no entanto via-se que não era tanto a hora que lhe interessava, pensava em outra coisa. Em voz baixa, para que ninguém mais ouvisse a não ser o major, disse rouco:

"É possível que em Canudos tenham sobrado alguns barbudos. Não precisamos de homens barbudos."

"Não precisamos..."

Com movimentos lentos o marechal guardou o cronômetro no bolso. A seguir, numa voz gutural, imperiosa:

"Duas companhias da 9ª brigada vão ficar. De manhã a guarda varrerá o terreno."

Sampaio, formal, em voz alta:

"Duas companhias."

O marechal olhou em redor. Indiferente, de passagem, disse:

"Não precisamos de prisioneiros."

Deu a entender que não havia mais ordens — sim, terminavam as conversas, os juízos, Canudos, tudo. Os oficiais o ladearam. Calado, de cabeça erguida, caminhou para a saída sereno entre eles. Não olhou para os presos — como se os três nem existissem. Parecia que em direção à saída ia um outro homem, de novo o funcionário, o senhor distinto e poderoso que lavrava uma ata. Caminhava impondo respeito, como se tivesse esquecido de tudo o que ouvira na meia hora passada. Tinha esquecido também do instante em que horrorizado erguera a bengala para golpear alguém — o instante em que compreendera que nas pessoas existe algo mais forte que o Poder.

Parou na soleira, inclinando a cabeça retribuiu a saudação dos oficiais. Prosseguiu lentamente a caminho da barraca do comando. Somente um ordenança o acompanhou. A escuridão logo o encobriu. Era uma noite sem lua, não se viam estrelas.

*

Com o distanciamento do Grande Comandante todos respiravam aliviados: os homens se estiravam, praguejavam e cuspiam como era o costume depois das paradas militares, quando a rigidez muscular protocolar cedia. Os três cativos quedavam-se no meio da latada apreensivos: à direita o negro, à esquerda o mestiço, no meio a mulher. Não olhavam a porta, como se o marechal que se afastava não lhes interessasse. Essa imobilidade impassível detinha a paralisia com que contemplam ou existem somente aqueles em quem tudo o que os homens chamam de medo ou de esperança foi consumido.

Uma sentinela apareceu trazendo a corda que antes enlaçara o pescoço dos prisioneiros. Sampaio viu os preparativos e deu a entender que a corda não era urgente. O soldado obedeceu, embora protestasse contrariado.

Os presos não se moveram, esperavam a sorte — e na latada, depois das tossidelas e da descontração que se generalizara, alçou-se o vozerio ameaçador, ávido de despojos. Como feras na hora do repasto, exigiam por fim a parte que lhes cabia: o marechal fora embora, os prisioneiros ficaram, por que adiar a execução?... Os que tinham permanecido ao abrigo dos cantos escuros da latada também abriram caminho — rodearam os prisioneiros, empurravam-se uns aos outros e resmungavam irritados.

Com a partida do marechal, tudo o que tínhamos vivido naquela meia hora — o banho da mulher, a cena incompreensível e o diálogo em língua estrangeira —, aos olhos dos soldados, representava apenas o prelúdio um pouco rebuscado à execução dos presos. É possível que eles também pensassem assim, porque a placidez pétrea em que se achavam — sem dirigir um olhar sequer aos oficiais, aos soldados, nem uns aos outros — não era espera, e sim a indiferença da completa resignação. Alguns homens cercaram os prisioneiros e os apalparam

— especialmente a mulher — qual bestas selvagens sobre a mesa posta depois da caçada.

Sampaio compreendeu que a situação não era de todo isenta de perigos, e num tom áspero ordenou que os três se pusessem em fila. O major e o capitão se aproximaram e confabularam. A ordem do marechal — de soltar os três presos, levá-los de volta a Canudos, de onde não poderiam fugir, e, de madrugada, executá-los também sumariamente, sem alarido — desagradou não só a soldadesca, mas os oficiais. Como adeus, os homens contavam com alguma coisa mais — talvez uma audiência imponente à luz de velas perante a justiça militar... à sombra do crucifixo —, um veredicto breve, marcial, e depois um trabalho rápido ao som de tambores. E quando esse final ansiado, belo, virou pó, todos rosnavam decepcionados — como se assim a vitória não fosse perfeita, pois faltaria o ritual e a farra.

Talvez os prisioneiros também pensassem assim. Na postura estática, torporosa — diante dos oficiais, da comprida mesa, das velas fumarentas —, havia um aguardo solene, como se também eles imaginassem que os acontecimentos teriam de se encerrar segundo os princípios e ao modo de Canudos.

Sombrios, os oficiais observavam os presos. Mal-humorado, o soldado que os guardava fazia um nó na corda sem compreender a razão da espera, embora, por via das dúvidas, preparasse o laço a ser atado ao pescoço dos condenados para conduzi-los como gado ao matadouro. O major murmurou algo com desprezo — não entendi as palavras, mas Sampaio num gesto de capitulação fez que sim, infelizmente não podia ser diferente. O gesto continha o desdém do profissional, o ponto de vista do soldado que contrariado recrimina um superior civil. O major suspirou como quem cedia, ainda que desprezasse a disposição do marechal aldrabão. Parou com os braços cruzados sobre o peito, junto da mesa, diante do crucifixo e das velas bruxuleantes de que se evolava uma fumaça suja. Olhava para o teto, hesitava. Buscava palavras — parecia querer dizer alguma coisa como despedida, frases históricas e grandiosas que acompanhassem aqueles bárbaros de volta ao sertão. E talvez as palavras nobres ficassem na lembrança também dos presentes, dos soldados, dos oficiais. Entretanto não lhe ocorreu nenhum discurso. Por isso — erguendo-se de súbito, irado — limpou a garganta e começou a gritar:

"Podem ir! O caminho está livre!..." — e apontava Canudos, a noite, pela janela aberta. "A República é triunfante e generosa! A Democracia é piedosa! Podem voltar a Canudos, seus animais."

Mordeu a língua como se caísse em si. Gargalhava. De repente passou a um tom informal, numa cortesia irônica, como se imitasse o marechal. Colocou-se diante da mulher, examinou-a dos pés à cabeça:

"Perdão, madame", disse sarcástico, e curvou-se.

A cena era irresistível. Todos ríamos; nenhum de nós sabia que o major Gonçalves tinha senso de humor.

"O caminho está livre", repetiu o major, e fez uma mesura, como se estivesse diante de uma dama num salão.

"Viva, viva!...", gritaram os soldados. Um ordenança — numa atitude intempestiva, inesperada — sacou o facão do cinto. O major notou o movimento ávido e deu um bofetão no soldado, que assustado deixou cair a faca.

"Podem ir!", berrou o major. "Mas antes gritem longa vida à liberdade. Igualdade e fraternidade!..."

E porque ninguém respondeu, voltou-se para o mestiço:

"Grite!... Viva, viva!..."

O mestiço olhava imóvel para a frente, somente a boca sorria, os olhos continuavam frios e sérios — sorria como a cabeça degolada emersa do tacho. O major acenou enérgico. O soldado compreendeu o sinal, atirou o laço sobre o pescoço do mestiço e o levou para fora com pressa.

O major, não satisfeito com a brincadeira que tinha inventado, curvou-se novamente diante da mulher. Em tom de escárnio, cantante, implorou:

"Por gentileza, madame!... Por gratidão, madame!... Um pequeno viva à República!... Por que se cala, madame?..."

"Viva, viva!...", murmuraram estertorantes os soldados. Eu também repeti os gritos. O soldado voltou e se aproximou da mulher com a corda. Porém ela se virou de súbito para o negro. Com os dois braços, num gesto brusco, abraçou a cabeça lanosa e, sorridente, beijou-o na altura do olho, sobre a órbita cheia de sangue coagulado. O negro também sorriu, bem-humorado, feliz como se contasse com aquilo. A mulher não esperou que a laçassem, dirigiu-se à saída a passos ligeiros. Mal tinha desaparecido, ouviu-se na escuridão o "viva!" altissonante.

Tudo aconteceu muito depressa. O soldado passou a corda no pescoço do negro. Todavia o major — como quem lamentava o fim da diversão — gritou roufenho:

"Liberdade!... Igualdade!... Fraternidade!... Grite, seu animal!..."

E o negro, que passara a noite toda mudo, falou. Mas antes olhou cuidadosamente em redor. Espiava as trevas pela porta aberta. Como se quisesse se convencer de que a mulher estava fora de alcance — não queria correr o risco de que uma dama ouvisse alguma coisa imprópria —, pigarreou, limpou a garganta. Inclinou-se na direção do major e num sussurro educado, em tom de confidência, disse:

"Cago montes para a República."

Ainda assentiu, asseverando que era essa a verdade e que acreditava no que dizia. Gonçalves, indignado, pôs a mão na pistola. Porém o soldado já arrastava o negro. Quando desapareceram na escuridão, ouviram-se as saudações sarcásticas e as risadas selvagens.

Não se ouviu tiro.

Ao longe, da barraca do comando um clarim ecoou na noite. Compreendemos que Canudos acabara, chegara a hora de arrumar nossas coisas e voltar para casa. E porque naquele momento não havia mais ninguém a ser morto no acampamento, descontraídos, em meio a risadas, satisfeitos começamos a nos aprontar também para deixar Canudos com os companheiros de luta — deixar o sertão para um outro mundo, belo, onde havia liberdade, igualdade e fraternidade. Foi isso que vi e ouvi na edificação do Rancho do Vigário no dia 5 de outubro, entre as cinco horas da tarde e as nove horas da noite. Contei como pude. Não lembro mais nada de Canudos.

Salerno, 1969

Nota

Consegui ler o livro de Euclides da Cunha* — como pude — até o final somente depois de arregaçar as mangas pela terceira vez. Para um estrangeiro (especialmente para quem, como eu, não compreende o português e lê a tradução inglesa), esse clássico da literatura brasileira é uma prova de paciência. O livro é como a mata do sertão: a um tempo abundância e aridez. Contém muito do que marca o Brasil: o clima, a flora e a fauna. E por trás dos dados objetivos se delineia a paisagem humana: um mundo em que o homem ainda vive mais na natureza do que na civilização.

Mas por fim, aos trancos e barrancos, terminei o livro. A lembrança da leitura era inquietadora. Como se eu tivesse estado no Brasil. (Sinto nunca ter andado por lá.) Como se existisse alguma coisa que tivesse de ser dita... Como se, com a história de Canudos, Euclides da Cunha (morto há apenas sessenta anos) intentasse mais do que narrar os acontecimentos da explosão anárquica que se deu

---

* Euclides da Cunha: *Os sertões* (*Rebellion in the backlands*). Trad. Samuel Putnam. University of Chicago Press.

na orla da Região Nordeste no final do século passado. Porque a aventura selvagem de Canudos se repetiu meio século depois em outras paragens — sim, de repente a anarquia "entrou na moda" novamente. Em nações civilizadas, nos guetos e nas universidades dos Estados Unidos, a seguir na França, na Itália e em outros lugares, despertaram os sintomas da anarquia.

O livro me acompanhou da América à Europa. Um dia comecei a escrever sobre o que acreditava ter ficado "de fora" do livro de Euclides da Cunha — ficara de fora, mas "poderia também ter sido assim". Na história havia algo de datado, mas o patológico na literatura é sempre o mesmo. A meio caminho do manuscrito comecei a ficar inseguro.

Chegou então a notícia de que — no verão de 1968 — em Paris estudantes universitários começaram a fazer manifestações e em consequência se desencadeara uma greve generalizada. Essa greve não tinha nenhuma causa econômica ou social premente. Ainda assim, a vida de um país culto, civilizado, paralisou-se durante alguns dias, e o povo francês teve de encarar o pesadelo da anarquia.

Um dos grafites que os alunos pintaram nas paredes da Sorbonne exigia: "Soyez raisonnable, demandez l'impossible".

Isso me tranquilizou, e animado continuei a escrever o livro. Da obra de Euclides da Cunha não emprestei mais que os dados topográficos e as datas. E os nomes de alguns personagens. Todo o resto é invenção.

S. M.

Nota do tradutor

Márai deixou a Hungria em 1948, em pleno regime comunista. Depois de longa hesitação decidiu-se pelo exílio, quando a repressão, com que nos primeiros tempos bem ou mal conseguira conviver, lhe tolheu a liberdade de guardar silêncio.

Em seu diário ele nos conta que assim que o trem atravessou a fronteira e já corria em solo austríaco, sentiu, pela primeira vez, muito medo. Por estar livre e também por ser escritor: o húngaro sempre escreveu na solidão do idioma. Sabia que, com raras exceções, jamais seria lido em outras línguas.

Inspirado na versão em inglês d'*Os sertões*, *Veredicto em Canudos* foi escrito em húngaro durante uma viagem à Itália e publicado no Canadá em 1970. Não é sem razão que o narrador se interroga nas primeiras páginas se alguém leria este livro um dia. E no Brasil, nesses mais de trinta anos, parece que apenas uns poucos imigrantes húngaros, admiradores de Márai, tinham notícia do romance que tece um elo entre a conflagração de Canudos nos confins do sertão e a contemporaneidade, as últimas décadas do século XX.

A tradução americana d'*Os sertões*, assinada por Samuel Putnam, foi publicada numa coleção de livros de história, em 1944. É uma edição acadêmica, com numerosas notas de rodapé, glossário de termos botânicos, zoológicos e regionais do Brasil, índice onomástico e índice remissivo. O tradutor inicia o prefácio salientando que a obra goza de uma unanimidade única na literatura universal: a de ser o maior livro produzido por um povo, o mais profundamente representativo de seu espírito. Entretanto prevalece, no prefácio e no estilo da tradução, a leitura d'*Os sertões* primariamente como livro de história. (Embora reconheça em Machado de Assis e em Euclides da Cunha os dois pilares da moderna literatura brasileira, Samuel Putnam observa que no primeiro a ênfase recai sobre a forma, ao passo que em Euclides, sobre o conteúdo.)

As cenas construídas por Márai em *Veredicto em Canudos* evidenciam a sensibilidade com que ele apreendeu a grandiosidade d'*Os sertões* sob a superfície dessa tradução que leu, de cunho primordialmente explicativo.

O original húngaro de *Veredicto em Canudos* é salpicado de palavras e frases curtas em português, em destaque: *cabra, jagunço, caititu, canhembora, vaqueiro, cerco de 23 de setembro, Conselheiro, caatinga, quilombola, mulato, capanga, fazendeiro, sertanejo, gringo, teimosa, serenar na dança, bogó, aió, jirau, jacaré*. Muitas delas não têm equivalente em húngaro e talvez passassem ao leitor o gosto do exótico e a percepção de um narrador que teria estado de verdade no sertão baiano. Algumas traziam grafia equivocada: "Conseilheiro", "quilombo(*la*)", "facendeiro", "sertaneio", "aio", "bogo", "caitetu", "mulatto", "dansa", "girao". Nos quatro últimos termos o erro foi induzido pela edição americana. Fiz as correções, e evidentemente o destaque desapareceu.

Certos nomes próprios também vinham com erros: "Baia", "Vigario", "Antonio da Silva Paraguassu", "Aphrodisio Borba", "Arthur Oscar de Andrade" e "Antonio Olympo da Silveira" seguiam a versão em inglês. "Francesco Alves", "Leopoldo Barros e Vascallos", "Lauranio da Costa", "Rodriguez Vaz", "Moreira Cezar", "Monte Favello", "Cannabrava", "Joaquim Manoel de Medairos" ficam por conta do próprio Márai. As correções foram feitas de acordo com o texto de Euclides.

Gonzales e Alfonso, nomes de personagens fictícios, foram transformados em seus equivalentes em português, Gonçalves e Afonso.

Uma situação insólita foi propiciada por um nome que designa Euclides durante seu diálogo ríspido com o marechal: por duas vezes Márai se refere ao escritor como o *aficiado*, em destaque no original. Esse termo é estranho ao português, e, assim, suprimi-o do texto. Talvez represente uma grafia equivocada de *aficionado*, que no sentido de "amador, entusiasta ou diletante" poderia se aplicar ao papel de repórter que Euclides desempenhava.

No original húngaro, diferentemente do que ocorre na tradução inglesa, que é fiel a Euclides, os soldados rabiscam com giz as obscenidades nas paredes; o traje do marechal Bittencourt figura como capa de alpaca, capa de chuva; o cadáver do coronel Tamarindo acha-se pendurado numa seringueira. Optei por *carvão*, *paletó* e *angico*, voltando a Os sertões em português.

A capa de chuva e a seringueira levam a outra questão: para nomear a mata, Márai usa às vezes a palavra que em húngaro se aproxima mais de *jângal* — *dzsungel*. Parece paradoxal, se considerarmos a precisão com que interpreta a seca e o sertão. Uma hipótese: na edição inglesa, logo no início de "A luta", encontramos uma bela gravura da floresta amazônica exibindo toda a sua abundância. Para o leitor distante, a imagem inexplicável nesse ponto do livro talvez pudesse causar alguma confusão.

Márai também chama a nossa aguardente de "rum", seguindo fielmente a interpretação de Samuel Putnam. Suprimi essa designação.

Em certas situações, distanciei-me do que seria uma tradução literal, buscando aproximar-me das palavras de Euclides: são os casos de *altareiro* (sacristão), *ferrão* (lança) e *pedrinhas de sal* (blocos de sal). O Antônio que conduzia a espionagem no arraial figura no inglês como *pious*, termo vertido para o húngaro por Márai. Por se tratar de um personagem não fictício, preferi voltar ao *Beatinho* euclidiano.

O "sombrero" usado para designar o chapéu de abas largas do vaqueiro, embora possa sugerir o equivalente mexicano, é nome utilizado por Euclides.

O Rancho do Vigário não distava três nem quatro quilômetros de Canudos, mas dezenove. De acordo com a edição organizada por Leopoldo Bernucci, o Rancho é hoje uma grande propriedade do município de Canudos, com "reservatório de água, gado e pasto de primeira". O memorial e a cabana onde Euclides escreveu *Os sertões* ficam às margens do rio na cidade de São José do Rio Pardo, no interior de São Paulo, e não no jardim da biblioteca municipal de São Paulo.

Euclides pouco fala do Rancho do Vigário. Os sentidos mais precisos da palavra empregada por Márai ao nomear o recinto que é cenário dos acontecimentos seriam "celeiro" ou "tulha". Euclides usa *celeiro* em "Polícia de bandidos", no capítulo v d'"O homem". Putnam traduz o termo por *storehouse*. Por sugestão de Walnice Nogueira Galvão fiquei com *latada*, cobertura precária comum na região, que aparece em várias passagens d'*Os sertões*. Putnam traduz a palavra por *bower*, caramanchão ou cobertura de folhagens.

Walnice apontou o significado de *saco bendito*, a túnica amarela com desenhos de cruzes, demônios e línguas de fogo: o sambenito, hábito utilizado pelos penitentes nos autos de fé. Euclides usa o termo também em "Polícia de bandidos". Na versão americana uma nota faz menção a *sacco benditto*, como expressão que figura em *A new dictionary of the Portuguese and English languages*, de H. Michaelis (Leipzig, 1932).

Devo ainda a Walnice a observação de que embora Euclides já não estivesse em Canudos em 5 de outubro, esse fato não é claro n'*Os sertões*.

Assim, considerando o contexto do romance e a nota do autor, retifiquei, ou aproximei de Euclides, tudo o que parecendo equívoco e não invenção ficcional pudesse constituir um ruído incômodo ao leitor brasileiro.

Contei com o privilégio de poder discutir alguns dos problemas da tradução com Walnice Nogueira Galvão, professora de teoria literária e literatura comparada na Universidade de São Paulo. Suas observações foram sempre ricas e elucidativas.

Walter Carlos Costa, do Departamento de Língua e Literatura Estrangeiras da Universidade Federal de Santa Catarina e membro da comissão editorial que publica os *Cadernos de Tradução* da Universidade, teve papel decisivo: foi meu interlocutor na elaboração de algumas das soluções acima enumeradas.

Paulo Werneck encontrou e me ofereceu os textos críticos de John Milton e Lineide L. Mosca sobre a edição americana.

Tibor Fehér, Eva Hévei e Mary-Ann Kim solucionaram as dúvidas a respeito dos vocábulos húngaros sobre os quais os dicionários não apresentaram esclarecimentos suficientes.

O húngaro abrasileirado Carlos Radvány foi quem, despertado pela publicação d'*As brasas* e d'*O legado de Eszter*, me alertou da existência deste romance adormecido por mais de trinta anos e que hoje se alinha, como um achado, aos grandes escritos inspirados por Canudos e por Euclides da Cunha.

Referências

CUNHA, Euclides da. *Rebellion in the backlands*. Trad. Samuel Putnam. Chicago: The University of Chicago Press, 1944.
_____. *Os sertões*. Ed. crít. Walnice Nogueira Galvão. São Paulo: Brasiliense, 1985.
_____. *Os sertões*. Ed. crít. Leopoldo M. Bernucci. São Paulo: Ateliê Editorial, 2002.
MÁRAI, Sándor. *Memoir of Hungary*. Trad. Albert Tezla. Budapeste: Corvina Books, 1996.
MARTINS, Helder. "A crítica da tradução literária". *Cadernos de Tradução*, 4. Florianópolis: Universidade Federal de Santa Catarina, Núcleo de Tradução, 1999.
MILTON, John. "A tradução de Samuel Putnam de *Os sertões* — *Rebellion in the backlands*, de Euclides da Cunha". *Pandaemonium Germanicum, Revista de Estudos Germânicos*, 1. São Paulo: Departamento de Letras Modernas, FFLCH/USP, 1997.
MOSCA, Lineide do Lago Salvador. "A preservação dos aspectos expressivos na atividade tradutória: uma aplicação a *Os sertões* de Euclides da Cunha". *Pandaemonium Germanicum, Revista de Estudos Germânicos*, 1. São Paulo: Departamento de Letras Modernas, FFLCH/USP, 1997.

1ª EDIÇÃO [2002] 2 reimpressões

ESTA OBRA FOI COMPOSTA EM ELECTRA PELA PÁGINA VIVA E IMPRESSA
EM OFSETE PELA GRÁFICA BARTIRA SOBRE PAPEL PÓLEN SOFT DA
SUZANO S.A. PARA A EDITORA SCHWARCZ EM JULHO DE 2022

A marca FSC® é a garantia de que a madeira utilizada na fabricação do papel deste livro provém de florestas que foram gerenciadas de maneira ambientalmente correta, socialmente justa e economicamente viável, além de outras fontes de origem controlada.